भगवान् शिव
और
सफल जीवन-प्रबंधन

भगवान् शिव और सफल जीवन-प्रबंधन

गोपी कृष्ण कुँवर

ग्रंथ अकादमी, नई दिल्ली

प्रकाशक : **ग्रंथ अकादमी**
भवन संख्या–19, पहली मंजिल, 2, अंसारी रोड, दरियागंज, नई दिल्ली–110002
 / संस्करण : प्रथम, 2025 / पेपरबैक मूल्य : तीन सौ रुपए
मुद्रक : आर–टेक ऑफसेट प्रिंटर्स, दिल्ली ISBN 978-93-86870-59-9

BHAGWAN SHIVA AUR SAFAL JEEVAN-PRABANDHAN
by Shri Gopi Krishna Kunwar ₹ 300.00 (PB)
Published by **GRANTH AKADEMI**
Building No. 19, First Floor, 2, Ansari Road, Daryaganj, New Delhi-110002

अपनी प्रेरणास्रोत व मार्गदर्शक

पूज्य माताजी

स्व. श्रीमती शकुंतला देवी की

पावन स्मृति को समर्पित।

प्रस्तावना

मानव इतिहास के विशाल विस्तार में कुछ आँकड़े समय और संस्कृति की सीमाओं को पार करते हैं, आने वाली पीढ़ियों के लिए शाश्वत ज्ञान और मार्गदर्शक प्रकाश के प्रतीक बन जाते हैं। इन प्रकाश-दर्शकों के बीच भगवान् शिव—अतिक्रमण, करुणा और ब्रह्मांडीय चेतना के अवतार आत्मज्ञान के एक कालातीत प्रकाश-स्तंभ के रूप में खड़े हैं। उनकी बहुमुखी प्रकृति, प्रतीकात्मक प्रतिनिधित्व और गहन शिक्षाओं ने सहस्राब्दियों से साधकों, दार्शनिकों एवं आध्यात्मिक जिज्ञासुओं के दिल व दिमाग पर कब्जा कर लिया है।

आप जिस पुस्तक को पढ़ने जा रहे हैं, 'भगवान् शिव और सफल जीवन-प्रबंधन', वह शिव की शिक्षाओं के केंद्र में एक यात्रा है—एक यात्रा, जो अस्तित्व के रहस्यमय क्षेत्रों को पार करती है, मानव-अनुभव की गहराई का खुलासा करती है और प्रबंधन में अंतर्दृष्टि प्रदान करती है। इन पृष्ठों में हम शिव के गहन दर्शन और उसके व्यावहारिक अनुप्रयोगों का पता लगाते हैं, जिसका उद्‌देश्य संतुलित, उद्‌देश्यपूर्ण और प्रबुद्ध जीवन की ओर मार्ग प्रशस्त करना है।

पूरे इतिहास में जीवन-प्रबंधन की अवधारणा मानव अस्तित्व की जटिलताओं से निपटने के इच्छुक व्यक्तियों के लिए एक केंद्रीय विषय रही है। पूर्ति और उद्‌देश्य की तलाश में हम प्राय: बाधाओं, दुविधाओं

और सवालों का सामना करते हैं, जो जवाब माँगते हैं। भगवान् शिव, जिन्हें प्राय: 'आदियोगी' या 'प्रथम योगी' के रूप में दरशाया जाता है, कालातीत ज्ञान प्रदान करते हैं—जो समय और स्थान की सीमाओं से परे है, अस्तित्व के सार को समझने की दिशा में हमारा मार्गदर्शन करते हैं और जीवन की जटिल बुनावट को समझने के लिए व्यावहारिक उपकरण प्रदान करते हैं।

भगवान् शिव की शिक्षाएँ आध्यात्मिकता, नैतिकता, रिश्तों, आत्म-जागरूकता और अन्य बहुत से क्षेत्रों में गहराई से उतरती हैं। इस पुस्तक में हम जिस-जिस सिद्धांत का पता लगाते हैं, वह शिव के ज्ञान-स्रोत से आता है, जो अंतर्दृष्टि प्रदान करता है और एक सामंजस्यपूर्ण अस्तित्व की ओर हमारा मार्गदर्शन कर सकता है, जो भौतिक और आध्यात्मिक, सांसारिक और दिव्य के बीच की खाई को पाटता है।

इस पुस्तक के अध्याय बौद्धिक अन्वेषण और व्यावहारिक मार्गदर्शक दोनों के रूप में डिजाइन किए गए हैं। जैसे-जैसे हम शिव के सिद्धांतों में गहराई से उतरते हैं, हम उनकी शिक्षाओं की बहुमुखी प्रकृति को उजागर करेंगे—परिवर्तन को अपनाने और द्वंद्वों को पार करने से लेकर शांति स्थापित करने और करुणा को मूर्त रूप देने तक। इन अन्वेषणों के माध्यम से हम पाएँगे कि शिव की शिक्षाएँ ज्ञान के अलग-अलग टुकड़े नहीं हैं, बल्कि एक सामंजस्यपूर्ण बुनावट हैं, जो मानव अनुभव के हर पहलू को एक एकीकृत संपूर्णता में जोड़ती है।

चाहे आप आध्यात्मिक यात्रा पर निकले साधक हों, दर्शनशास्त्र के छात्र हों, योग और ध्यान के अभ्यासी हों या बस, जीवन की जटिलताओं की गहरी समझ चाहने वाले व्यक्ति हों, यह पुस्तक शिव के सिद्धांतों के साथ जुड़ने का एक मार्ग प्रदान करती है, जो कि प्रतिध्वनित होता है। शिव की शिक्षाएँ किसी एक परंपरा या विश्वास-प्रणाली तक सीमित नहीं हैं; वे धार्मिक हठधर्मिता एवं सांस्कृतिक सीमाओं को पार करती हैं और उन सार्वभौमिक सत्यों को छूती हैं, जो पूरे अस्तित्व का आधार हैं।

शिव की शिक्षाओं को मुक्त हृदय और ग्रहणशील मस्तिष्क से अपनाना महत्त्वपूर्ण है। यहाँ प्रस्तुत सिद्धांत और अंतर्दृष्टियाँ आँख मूँदकर स्वीकार करने के लिए नहीं हैं, बल्कि उन पर विचार करने, सवाल उठाने और आत्मसात् करने के लिए हैं। वे आपको महान् भगवान् शिव के कालातीत ज्ञान द्वारा निर्देशित आत्म-खोज और आत्म-निपुणता की व्यक्तिगत यात्रा शुरू करने के लिए आमंत्रित करती हैं।

आशा है कि 'भगवान् शिव और सफल जीवन-प्रबंधन' आपके लिए प्रेरणा, मार्गदर्शन और परिवर्तन के स्रोत के रूप में कार्य करेंगे। प्रत्येक अध्याय शिव के दर्शन के एक अलग पहलू में एक खिड़की प्रदान करता है, जो आपको इन सिद्धांतों को अपने दैनिक जीवन, रिश्तों और व्यक्तिगत विकास में एकीकृत करने के लिए आमंत्रित करता है। जिस प्रकार भगवान् शिव को प्रायः अपने माथे पर अर्धचंद्र के साथ चित्रित किया जाता है, उसी प्रकार इस पुस्तक का उद्‍देश्य आपके मार्ग को प्रकाशित करना और जीवन की यात्रा के चरणों में अँधेरे से रोशनी की ओर आपका मार्गदर्शन करना है।

अंततः इस पुस्तक के माध्यम से यात्रा स्वयं जीवन की यात्रा को प्रतिबिंबित करती है—अन्वेषण, उन्नयन और विकास की यात्रा। ये पृष्ठ आपकी जिज्ञासा जगाएँ, सार्थक चिंतन जगाएँ और आपको उन सिद्धांतों को अपनाने के लिए प्रेरित करें, जो आपकी आत्मा में सबसे गहराई से गूँजते हैं। जैसे-जैसे आप भगवान् शिव के ज्ञान में गहराई से उतरते हैं, आप उस मार्गदर्शक प्रकाश की खोज कर सकते हैं, जो अस्तित्व की जटिलताओं से निपटने में आपकी मदद करता है और अधिक जागरूक, संतुलित एवं उद्‍देश्यपूर्ण जीवन की ओर मार्ग प्रशस्त करता है।

भगवान् शिव की शिक्षाओं के प्रति कृतज्ञता और श्रद्धा के साथ…।

—गोपी कृष्ण कुँवर

अनुक्रम

1

आंतरिक शक्ति का जागरण

एक उद्देश्यपूर्ण और संतुलित जीवन जीने की चाह में हम प्रायः खुद को अपनी भावनाओं, विचारों और बाहरी परिस्थितियों द्वारा प्रस्तुत चुनौतियों से जूझते हुए पाते हैं। आंतरिक अशांति के इन क्षणों के दौरान भगवान् शिव का कालातीत ज्ञान हमारे बचाव में आता है, जो हमारी आंतरिक शक्ति का प्रयोग करने में गहन अंतर्दृष्टि प्रदान करता है।

भीतर की शांति

शिव की शिक्षाओं के केंद्र में शांति की अवधारणा निहित है—एक आंतरिक शांति, जो आंतरिक शक्ति की नींव के रूप में कार्य करती है। शिव, जिन्हें प्रायः गहरे ध्यान में दरशाया जाता है, हमें मन को शांत करने और जीवन के निरंतर उतार-चढ़ावों से खुद को अलग करने की शक्ति सिखाते हैं। जिस तरह पानी के शांत होने पर झील की सतह स्पष्ट रूप से प्रतिबिंबित होती है, उसी तरह हमारा मन शांत होने पर वास्तविकता को अधिक स्पष्ट रूप से समझ सकता है। ध्यान और सचेतनता के माध्यम से शिव का मार्गदर्शन हमें अपने भीतर उस शांत केंद्र को खोजने के लिए प्रोत्साहित करता है, जो हमें स्पष्टता और संयम के साथ जीवन की चुनौतियों का सामना करने में सक्षम बनाता है।

इच्छाओं का रूपांतरण

भगवान् शिव से जुड़े सबसे शक्तिशाली प्रतीकों में से एक अग्नि है, जिसे वह धारण करते हैं। यह आग, जिसे 'अग्नि' के नाम से जाना जाता है, हमारे भीतर की परिवर्तनकारी शक्ति का प्रतिनिधित्व करती है। शिव हमें सिखाते हैं कि इच्छाएँ स्वाभाविक हैं, लेकिन अनियंत्रित इच्छाएँ दुःख का कारण बन सकती हैं। अपनी इच्छाओं को समझकर और उन्हें दिशा देकर हम उनकी ऊर्जा का उपयोग व्यक्तिगत विकास एवं परिवर्तन के लिए कर सकते हैं। शिव के मार्गदर्शन से पता चलता है कि हम अपनी इच्छाओं पर आत्म-निरीक्षण करें और यह पहचानें कि कौन सी इच्छाएँ हमारे उच्च उद्देश्य के साथ संरेखित हैं तथा कौन सी केवल क्षणिक आवेगों की पूर्ति करती हैं? इस उग्र ऊर्जा का उपयोग करके हम इसे रचनात्मक कार्यों की ओर निर्देशित कर सकते हैं, खुद को अपने लक्ष्यों और सपनों की ओर प्रेरित कर सकते हैं।

परिवर्तन को अपनाना

शिव का ब्रह्मांडीय नृत्य 'तांडव' सृजन और विनाश के चक्र का प्रतीक है, जो ब्रह्मांड को नियंत्रित करता है। यह नृत्य परिवर्तन की अनिवार्यता का प्रतीक है और हमें विरोध करने के बजाय इसे अपनाने के लिए प्रोत्साहित करता है। जीवन-प्रबंधन में शिव का मार्गदर्शन इस बात पर जोर देता है कि परिवर्तन हमारा विरोधी नहीं, बल्कि विकास का उत्प्रेरक है। जब जीवन की उथल-पुथल का सामना करना पड़ता है तो हम शिव के ज्ञान की ओर रुख कर सकते हैं, आसक्तियों को छोड़ना और परिवर्तन के नृत्य को अपनाना सीख सकते हैं। यह रवैया न केवल हमारे लचीलेपन को मजबूत करता है, बल्कि हमें नई परिस्थितियों को शालीनता व साहस के साथ अपनाने में भी सक्षम बनाता है।

अंतर्ज्ञान और अंतर्दृष्टि का विकास

भगवान् शिव की तीसरी आँख धारणा और अंतर्दृष्टि की एक उन्नत भावना का प्रतीक है। शिव का मार्गदर्शन हमें अपने आंतरिक ज्ञान और

अंतर्ज्ञान को विकसित करने का महत्त्व सिखाता है। अपने आंतरिक 'स्व' के साथ गहरा संबंध विकसित करके हम उस सहज मार्गदर्शन तक पहुँच सकते हैं, जो तर्क और कारण के दायरे से परे है। जिस तरह शिव की तीसरी आँख दिखावे से परे देखती है, हम भी स्थितियों और लोगों की बेहतर समझ हासिल कर सकते हैं और हमारे मूल्यों व आकांक्षाओं के अनुरूप जानकारीपूर्ण निर्णय ले सकते हैं।

विरोधी ताकतों को संतुलित करना

शिव, जिन्हें प्रायः उनकी भार्या पार्वती के साथ चित्रित किया जाता है, पौरुष और स्त्री ऊर्जा के संतुलन का प्रतीक हैं। यह मिलन हमारे भीतर विरोधी शक्तियों के सामंजस्यपूर्ण एकीकरण का प्रतीक है। शिव का मार्गदर्शन हमें सिखाता है कि आंतरिक शक्ति तब उभरती है, जब हम अपने प्रकाश एवं छाया दोनों पहलुओं को स्वीकार करते हैं और गले लगाते हैं। अपनी खामियों व खूबियों को स्वीकार करके हम प्रामाणिकता और आत्म-प्रेम की स्थिति प्राप्त करते हैं। शिव का उदाहरण हमें जीवन के द्वंद्वों पर एक संतुलित दृष्टिकोण विकसित करने तथा चुनौतियों का सामना करने में भी समता की भावना को बढ़ावा देने के लिए प्रोत्साहित करता है।

बिना आसक्ति के सेवा करना

शिव परम तपस्वी के रूप में भौतिक संपत्तियों और अहंकार से प्रेरित इच्छाओं से वैराग्य की शक्ति का प्रदर्शन करते हैं। उनका मार्गदर्शन हमें अपने कार्यों के परिणामों के प्रति अनासक्त रहते हुए दयालु हृदय से दूसरों की सेवा करने के लिए प्रेरित करता है। वैराग्य का यह सिद्धांत हमें अपेक्षाओं के बंधन से मुक्त करता है, हमें निस्स्वार्थ भाव से देने और वास्तविक देखभाल के स्थान से कार्य करने की अनुमति देता है। इस शिक्षा को आत्मसात् करके हम अपनी भलाई को खोए बिना रिश्तों और जिम्मेदारियों की जटिलताओं से निपट सकते हैं।

विरोधाभासों को गले लगाना

शिव के गले में सर्प और सिर पर अर्धचंद्र सुशोभित प्रतीत होने वाली विरोधाभासी शक्तियों के सामंजस्य का प्रतिनिधित्व करता है। शिव का मार्गदर्शन हमें जीवन के विरोधाभासों को अपनाने और उनमें सामंजस्य खोजने का आग्रह करता है। जिस प्रकार अर्धचंद्र चक्रीय रूप से घटता-बढ़ता है, उसी प्रकार हम भी जीवन में उतार-चढ़ाव का अनुभव करते हैं। शिव के दृष्टिकोण को अपनाकर हम जीवन के उतार-चढ़ाव में सुंदरता की सराहना कर सकते हैं, यह पहचानते हुए कि प्रसन्नता और दुःख—दोनों हमारे विकास के अभिन्न अंग हैं।

आंतरिक शक्ति की यात्रा पर प्रस्थान

जीवन-प्रबंधन की खोज में भगवान् शिव का मार्गदर्शन एक प्रकाश-स्तंभ के रूप में कार्य करता है, जो हमारी आंतरिक शक्ति को जाग्रत् करने का मार्ग प्रशस्त करता है। शांति, परिवर्तन, अनुकूलनशीलता, अंतर्ज्ञान, संतुलन, वैराग्य और विरोधाभासों की स्वीकृति के माध्यम से शिव हमें हमारी आंतरिक व बाहरी दुनिया में सामंजस्य स्थापित करने की कला सिखाते हैं। इन सिद्धांतों को अपने जीवन में एकीकृत करके हम आत्म-निपुणता और समग्र कल्याण की दिशा में एक परिवर्तनकारी यात्रा शुरू करते हैं। जैसे-जैसे हम जीवन की चुनौतियों और विजयों का सामना करते हैं, भगवान् शिव की बुद्धि एक दृढ़ साथी बनी रहती है, जो हमें फीनिक्स की तरह उठने और हमारे भीतर मौजूद कालातीत शक्ति को मूर्त रूप देने के लिए सशक्त बनाती है।

□

2
परिवर्तन को अपनाना

जीवन में परिवर्तन ही एकमात्र स्थिरांक है और फिर भी मनुष्य प्राय: खुद को इसका विरोध करते हुए, परिचित और आरामदायक चीजों से चिपके हुए पाता है। विनाश और सृजन के देवता शिव परिवर्तन के प्राकृतिक चक्र का उदाहरण देते हैं और हमें इसे विकास, नवीनीकरण एवं आत्म-खोज के लिए एक शक्तिशाली शक्ति के रूप में अपनाने के लिए प्रोत्साहित करते हैं। उनकी कहानियों और प्रतीकवाद के माध्यम से हम लचीलेपन और अनुग्रह के साथ परिवर्तन की धाराओं को चलाना सीखते हैं।

विनाश के माध्यम से निर्माण

शिव की परिवर्तनकारी बुद्धि के केंद्र में नृत्य के देवता नटराज की छवि निहित है। नटराज का लौकिक नृत्य ब्रह्मांड की लय को समाहित करता है, जहाँ विनाश सृजन का मार्ग प्रशस्त करता है। यह प्रतीकवाद शिव की शिक्षा को रेखांकित करता है कि हर अंत एक नई शुरुआत है। जिस तरह शिव का नृत्य एक शाश्वत चक्र है, उसी तरह हमारा जीवन भी पुराने और नए, विकास और क्षय की एक निरंतर अंत:क्रिया है। परिवर्तन को अपनाना खुद को प्राकृतिक व्यवस्था के साथ संरेखित करने का एक कार्य बन जाता है, जो हमें उन चीजों को छोड़ने की अनुमति देता है, जो अब हमारे लिए उपयोगी नहीं हैं और नए अवसरों के लिए जगह बनाते हैं।

पुराने को त्यागना

कई चित्रणों में शिव को उनके गले में एक साँप से सजाया गया है। यह साँप पुराने को त्यागने की प्रक्रिया का प्रतीक है, जैसे साँप समय-समय पर अपनी खाल उतारते हैं। शिव की परिवर्तनकारी बुद्धि हमें याद दिलाती है कि विकास के लिए हमें पुरानी मान्यताओं, आदतों और लगाव को त्यागना होगा। जिस तरह साँप अपनी केंचुली उतारने के बाद पुनर्जीवित होकर उभरता है, उसी तरह हम भी उन चीजों को त्यागकर नई ऊर्जा और स्पष्टता के साथ अपने जीवन के नए चरणों में कदम रख सकते हैं, जो अब हमारी यात्रा में शामिल नहीं हैं।

नश्वरता में सौंदर्य की खोज

शिव को प्राय: अपने शरीर पर राख मलते हुए चित्रित किया जाता है, जो भौतिक अस्तित्व की नश्वरता को दरशाता है। यह प्रतीकवाद एक गहरा अनुस्मारक है कि हमारे शरीर, संपत्ति और परिस्थितियों सहित सभी चीजें क्षणभंगुर हैं। शिव का परिवर्तनकारी ज्ञान हमें सतह से परे देखने और हर पल में निहित मूल्य को पहचानने के लिए प्रोत्साहित करता है। जीवन की नश्वरता को स्वीकार करके हम अनुभवों, रिश्तों और अवसरों को सामने आने पर उन्हें सँजोने के लिए प्रेरित होते हैं, जिससे वर्तमान के प्रति गहरी सराहना को बढ़ावा मिलता है।

वर्धमान चंद्रमा : चरणों में परिवर्तन को अपनाना

शिव के सिर पर अर्धचंद्र का श्रृंगार जीवन की चक्रीय प्रकृति और हमारे द्वारा गुजरने वाले विभिन्न चरणों का प्रतिनिधित्व करता है। चंद्रमा घटता-बढ़ता है, ठीक उसी तरह जैसे हम विकास के समय और संकुचन के समय का अनुभव करते हैं। शिव का परिवर्तनकारी ज्ञान हमें उतार-चढ़ाव का विरोध नहीं करना सिखाता है, बल्कि यह समझना सिखाता है कि प्रत्येक चरण हमारे विकास में योगदान देता है। परिवर्तन को उसके विभिन्न रूपों में अपनाने से हम में समभाव की भावना विकसित होती है, जो हमें जीवन के उतार-चढ़ाव को सहजता से पार करने में सक्षम बनाती है।

जीवन की धाराओं के साथ बहना

ऐसा कहा जाता है कि जब पवित्र नदी गंगा स्वर्ग से पृथ्वी पर उतरती है तो शिव के उलझे हुए बाल उसके पालने बनते हैं। यह कल्पना दिव्य और सांसारिक के सहज एकीकरण का प्रतीक है। नदी का प्रवाह जीवन की निरंतर गति को प्रतिबिंबित करता है और शिव की परिवर्तनकारी बुद्धि हमें इसकी धाराओं के विपरीत बहने के बजाय उनके साथ बहने का मार्गदर्शन करती है। कठोर नियंत्रण की आवश्यकता को त्यागने और जीवन की अप्रत्याशितता को अपनाकर हम अधिक अनुकूलनीय व रचनात्मक बन जाते हैं और उन अवसरों के लिए खुले होते हैं, जो परिवर्तन लाते हैं।

परिवर्तन के एजेंट बनना

अस्तित्व की बुनावट में परिवर्तन वह धागा है, जो हर पल बुना जाता है। भगवान् शिव की परिवर्तनकारी बुद्धि हमें व्यक्तिगत और आध्यात्मिक विकास के लिए उत्प्रेरक के रूप में परिवर्तन को पहचानते हुए इस धागे के साथ सामंजस्य बिठाकर नृत्य करने के लिए आमंत्रित करती है। नटराज के नृत्य की शिक्षाओं को आत्मसात् करके, साँप की तरह पुरानी खाल उतारकर, नश्वरता में सौंदर्य ढूँढ़कर, अर्धचंद्र की तरह जीवन के चरणों को अपनाकर, गंगा नदी की तरह बहकर और तीसरी आँख की अंतर्दृष्टि से देखकर हम परिवर्तन के एजेंट बन जाते हैं।

जब हम खुद को शिव के ज्ञान के सार के साथ जोड़ते हैं तो हम अज्ञात के डर को त्याग देते हैं और अनंत संभावनाओं के दायरे में कदम रखते हैं। हम सीखते हैं कि परिवर्तन से डरना नहीं चाहिए, बल्कि उसका जश्न मनाना चाहिए; क्योंकि यह हमें हमारी उच्चतम क्षमता की ओर प्रेरित करता है। हमारे मार्गदर्शक के रूप में शिव के परिवर्तनकारी ज्ञान के साथ हम परिवर्तन को एक पवित्र यात्रा के रूप में अपनाते हैं, खुले हाथों से नए का स्वागत करते हैं और निरंतर आत्म-खोज एवं विकास के पथ पर आगे बढ़ते हैं।

□

3

भौतिक और आध्यात्मिक संतुलन

आधुनिक दुनिया में भौतिक सफलता की खोज को प्राय: प्राथमिकता दी जाती है। कभी-कभी यह हमारी आध्यात्मिक भलाई पर भारी पड़ जाती है। भगवान् शिव संतुलन और सद्भाव के प्रतीक जीवन के भौतिक एवं आध्यात्मिक पहलुओं में सामंजस्य स्थापित करने में गहन अंतर्दृष्टि प्रदान करते हैं।

शिव का निवास : हिमालय

शिव के निवास के लिए चुना गया स्थान हिमालय पर्वत एक महत्त्वपूर्ण सबक देता है। ये ऊँची चोटियाँ उन भौतिक ऊँचाइयों की प्रतीक हैं, जिन्हें कोई भी हासिल कर सकता है। लेकिन ये गहरी गुफाओं का भी घर हैं, जहाँ ऋषि ध्यान करते हैं, जो आध्यात्मिक गहराई की खोज का प्रतिनिधित्व करते हैं। शिव की शिक्षाएँ हमें भौतिक सफलता से दूर न रहने, बल्कि आंतरिक विकास के महत्त्व को याद रखने के लिए मार्गदर्शन करती हैं। जिस तरह हिमालय आकाश को छूते हुए भी स्थिर खड़ा रहता है, उसी तरह हम अपनी आध्यात्मिक खोज को जमीनी और सच्चा रखते हुए भौतिक दुनिया में संलग्न रह सकते हैं।

त्रिशूल : तीन शक्तियों का संतुलन

शिव का प्रतिष्ठित त्रिशूल प्रकृति के तीन गुणों—सत्त्व (अच्छाई),

राजस (जुनून) और तमस (अज्ञान) पर उनके नियंत्रण का प्रतिनिधित्व करता है—हमारी आंतरिक प्रकृति को संतुलित करने पर गहन ज्ञान प्रदान करता है। शिव का मार्गदर्शन हमें अपने भीतर इन शक्तियों में सामंजस्य स्थापित करना सिखाता है, यह समझते हुए कि कब जुनून का उपयोग करना है, कब शांति को अपनाना है और कब अज्ञान को दूर करना है। इन गुणों को पहचानकर और पोषित करके हम सोच-समझकर निर्णय ले सकते हैं, जिससे भौतिक सफलता और आध्यात्मिक विकास दोनों हो सकते हैं।

शिव और पार्वती : पूरक ऊर्जाओं का पवित्र मिलन

शिव का पार्वती से विवाह एक दिव्य प्रेम कहानी से कहीं अधिक है। यह शिव की तपस्वी ऊर्जा के साथ पार्वती की पोषक और रचनात्मक ऊर्जा के मिलन का प्रतीक है। यह मिलन हमें लिंग की परवाह किए बिना हमारे पुरुषत्व और स्त्री गुणों को संतुलित करने का महत्त्व सिखाता है। शिव का मार्ग हमारे मुखर और ग्रहणशील पक्षों को अपनाने, महत्त्वाकांक्षा और करुणा तथा तर्क और अंतर्ज्ञान के बीच सामंजस्य स्थापित करने के बारे में है। दोनों पहलुओं को पहचानकर और विकसित करके हम जीवन के प्रति एक संतुलित एवं संपूर्ण दृष्टिकोण बनाते हैं।

इच्छाओं पर नियंत्रण पाना

शिव का साथी साँप इच्छाओं पर प्रभुत्व का प्रतिनिधित्व करता है। साँप के साथ अपने श्रृंगार में शिव इच्छाओं को गुलाम बनाने के बजाय उन्हें संयमित करने और उन्हें नियंत्रित करने का ज्ञान प्रदान करते हैं। शिव का मार्ग न तो इच्छाओं के इनकार और न ही भोग की वकालत करता है, बल्कि उनके सचेतन प्रबंधन की वकालत करता है। अपनी इच्छाओं का आकलन करके और उन्हें अपने उच्च उद्देश्य के साथ जोड़कर हम उन्हें विकर्षण बनने से रोकते हैं, जो हमारे आध्यात्मिक विकास में बाधा डालते हैं।

राख और अलंकरण-

शिव का राख से लिपटा हुआ शरीर और सुशोभित व्यक्तित्व वैराग्य एवं संलग्नता को संतुलित करने में एक मूल्यवान् सबक प्रदान करता है। राख हमें जीवन की नश्वरता की याद दिलाती है, हमें आसक्ति छोड़ने का आग्रह करती है। साथ ही, शिव का श्रृंगार अनासक्त रहकर संसार में भागीदारी का प्रतीक है। शिव का मार्ग हमारी जिम्मेदारियों, रिश्तों और कार्यों में पूरी तरह से संलग्न होने के बारे में है। फिर भी, यह समझ बनाए रखना है कि ये बाहरी पहलू हमारे वास्तविक स्वरूप को परिभाषित नहीं करते हैं।

ध्यान और क्रिया : दो रास्ते

शिव, जिन्हें प्राय: गहरे ध्यान में दरशाया जाता है, आंतरिक प्रतिबिंब और आध्यात्मिक अभ्यास के महत्त्व को दरशाते हैं। साथ ही, वह अपने तांडव नृत्य के माध्यम से क्रिया के अवतार भी हैं। शिव का मार्ग इन विपरीत प्रतीत होने वाले मार्गों के एकीकरण पर जोर देता है। यह सिखाता है कि आध्यात्मिक विकास के लिए दुनिया को त्यागने की आवश्यकता नहीं है; इसके बजाय इसमें हमारे कार्यों को सचेतनता, सत्यनिष्ठा और उच्च उद्‍देश्य की भावना से भरना शामिल है।

कैलाश पर्वत : आंतरिक आश्रय

कैलाश पर्वत के ऊपर शिव का निवास जीवन की माँगों के बीच एक आंतरिक आश्रय खोजने के महत्त्व को दरशाता है। शिव का मार्गदर्शन हमें अपने बाहरी परिवेश की परवाह किए बिना एकांत और आत्म-निरीक्षण के क्षण बनाने के लिए प्रोत्साहित करता है। जिस तरह शिव को पहाड़ों के एकांत में सांत्वना मिलती है, उसी तरह हम ध्यान, चिंतन और माइंडफुलनेस जैसी प्रथाओं के माध्यम से भौतिक व आध्यात्मिक के बीच संतुलन को बढ़ावा देकर अपने आंतरिक 'स्व' से जुड़ सकते हैं।

मध्यम मार्ग पर चलना

ऐसी दुनिया में, जो प्रायः हमें चरम की ओर धकेलती है, शिव का मार्ग एक मध्य मार्ग प्रदान करता है, जो हमारे जीवन के भौतिक और आध्यात्मिक पहलुओं में सामंजस्य स्थापित करता है। एक को दूसरे के लिए त्यागे बिना दोनों को गले लगाकर हम शिव की शिक्षाओं के सार को अपनाते हैं। इस संतुलन के माध्यम से हम एक ऐसा जीवन विकसित करते हैं, जो सार्थक, उद्देश्यपूर्ण और गहराई से संतुष्टिदायक हो।

शिव का मार्ग हमें याद दिलाता है कि भौतिक और आध्यात्मिक क्षेत्र अलग-अलग नहीं हैं, बल्कि हमारे अस्तित्व के आपस में जुड़े हुए धागे हैं। यह हमें इस जटिल बुनावट को चेतना, ज्ञान और अनुग्रह के साथ संचरित करने के लिए कहते हैं। शिव के निवास, त्रिशूल, ऊर्जाओं के मिलन, इच्छाओं पर नियंत्रण, वैराग्य और संलग्नता की परस्पर क्रिया, ध्यान एवं क्रिया के एकीकरण और आंतरिक एकांतवास के महत्त्व को समझकर हम समग्र जीवन की प्रबंधन-यात्रा पर निकलते हैं। शिव के मार्ग का अनुसरण करते हुए, हम अपनी आत्मा के विकास का पोषण करते हुए भौतिक संसार में पूरी तरह से रहने की कला की खोज करते हैं।

□

4

समय पर नियंत्रण हासिल करना

समय के निरंतर प्रवाह में मनुष्य प्राय: अपने शेड्यूल, समय-सीमा और जिम्मेदारियों को प्रबंधित करने के लिए संघर्ष करता हुआ पाता है। भगवान् शिव कालातीत देवता, शाश्वत दृष्टिकोण से समय पर नियंत्रण पाने के लिए अमूल्य ज्ञान प्रदान करते हैं।

गति में शिव की स्थिरता

नटराज भगवान् शिव का लौकिक नृत्य केवल एक प्रदर्शन नहीं है, बल्कि समय की प्रकृति के बारे में एक गहरा रहस्योद्घाटन है। शिव का नृत्य ब्रह्मांड की सतत गति का प्रतीक है, जो हमें याद दिलाता है कि जबकि हमारे चारों ओर की दुनिया निरंतर प्रवाह में है, हमारे भीतर एक उत्कृष्ट शांति मौजूद है। शिव की शिक्षाएँ हमें जीवन की उथल-पुथल के बीच भी अपने भीतर उस शांति को खोजने के लिए प्रोत्साहित करती हैं। इस शाश्वत केंद्र में एकाग्र होकर हम अनुग्रह और स्पष्टता के साथ समय की धाराओं को प्रबंधित करते हैं।

समय के भ्रम को दूर करना

शिव का त्रिशूल तीन आयामी—भाला, अतीत, वर्तमान और भविष्य पर उनकी शक्ति का प्रतीक है। शिव की बुद्धि हमें समय की पकड़ के भ्रम

को दूर करना सिखाती है। प्रत्येक क्षण में पूर्ण रूप से उपस्थित रहकर हम अतीत या भविष्य के पछतावे और चिंताओं के अत्याचार से मुक्त हो जाते हैं। शिव का तरीका यह पहचानने के बारे में है कि वर्तमान क्षण ही एकमात्र वास्तविकता है, जो वास्तव में हमारे पास है और इसके भीतर सचेत रूप से रहकर हम समय-प्रबंधन की कला में महारत हासिल करते हैं।

समय के चरणों का आलिंगन

शिव का अर्धचंद्राकार श्रृंगार समय की चक्रीय प्रकृति की याद दिलाता है। जैसे हम विकास और विश्राम की अवधि का अनुभव करते हैं, वैसे ही चंद्रमा बढ़ता और घटता है। शिव की शिक्षाएँ हमें समय की प्राकृतिक लय को अपनाने के लिए मार्गदर्शन करती हैं, यह स्वीकार करते हुए कि प्रत्येक चरण हमारी यात्रा में एक उद्देश्य पूरा करता है। इन चरणों का विरोध करने या उनमें जल्दबाजी करने के बजाय खुद को उनके साथ बहने की अनुमति देकर हम समय के साथ सामंजस्य की भावना विकसित करते हैं।

शाश्वत यौवन और बुढ़ापा

शिव का शाश्वत युवा 'अर्धनारीश्वर' के रूप में चित्रण—आधा पुरुष, आधा नारी—समय के प्रभावों के अतिक्रमण का प्रतीक है। जबकि हमारे भौतिक शरीर की उम्र बढ़ती है, शिव की बुद्धि हमें उम्र की बाधाओं से परे अपने कालातीत सार से जुड़ने के लिए आमंत्रित करती है। यह पहचानकर कि हमारा वास्तविक स्वरूप समय से बँधा नहीं है, हम एक ऐसे परिप्रेक्ष्य का पोषण करते हैं, जो हमारे भीतर उत्साह और जिज्ञासा की अग्नि को जीवित रखते हुए हमें शालीनता से उम्र बढ़ाने की अनुमति देता है।

शाश्वत के साथ मिलन

शिव, जो अपनी गहन ध्यानावस्था के लिए जाने जाते हैं, समय से परे शाश्वत क्षेत्र से जुड़ने के अभ्यास का उदाहरण देते हैं। शिव का मार्गदर्शन

हमें नियमित चिंतन अभ्यास में संलग्न होने के लिए प्रोत्साहित करता है, जो हमें घड़ी की सीमाओं को पार करने में सक्षम बनाता है। ध्यान में हम एक कालातीत स्थान में प्रवेश करते हैं, जहाँ अतीत, वर्तमान और भविष्य विलीन हो जाते हैं। इस अनुभव में खुद को डुबोकर हम समय की मायावी प्रकृति की गहरी समझ प्राप्त करते हैं और आंतरिक शांति की भावना को बढ़ावा देते हैं।

कालभैरव : समय के देवता

समय के देवता कालभैरव के रूप में शिव का स्वरूप समय की विनाशकारी और रचनात्मक शक्तियों के द्वंद्व का प्रतीक है। कालभैरव एक अनुस्मारक है कि समय विघटन ला सकता है और पुनर्जन्म की सुविधा भी दे सकता है। शिव की शिक्षाएँ हमें समय को शत्रु के रूप में नहीं, बल्कि हमारे विकास में भागीदार के रूप में देखने के लिए मार्गदर्शन करती हैं। परिवर्तन के लिए समय की शक्ति को स्वीकार करके हम जीवन की चुनौतियों और बदलावों का साहस के साथ सामना करते हैं, यह जानते हुए कि कठिन क्षण भी नई शुरुआत की ओर ले जाते हैं।

शाश्वत को अपनाना

समय पर शिव का शाश्वत दृष्टिकोण जीवन-प्रबंधन के लिए एक मुक्तिदायक दृष्टिकोण प्रदान करता है। नटराज के नृत्य, त्रिशूल, अर्धचंद्र, शाश्वत यौवन का सार, ध्यान की कालातीतता और कालभैरव की समझ की शिक्षाओं के माध्यम से हम अपने जीवन पर समय की पकड़ की सीमाओं को पार करना सीखते हैं। वर्तमान क्षण को कालातीत के द्वार के रूप में अपनाकर हम पूर्णता और उद्देश्य की भावना विकसित करते हैं, जो टिक-टिक करती घड़ी से परे है।

शिव का ज्ञान हमें अपने भीतर शाश्वत सार को समाहित करने के लिए मार्गदर्शन करता है, जिससे हम शांति और इरादे के साथ समय के प्रवाह को

तलाश सकते हैं। इन शिक्षाओं को अपने जीवन में एकीकृत करके हम खुद को शाश्वत से जुड़े हुए वर्तमान में निहित पाते हैं; समय को एक बाधा के रूप में नहीं, बल्कि एक कैनवास के रूप में नियंत्रित करते हैं, जिस पर हम गहन अर्थ और पूर्णता का जीवन बनाते हैं।

□

5

ध्यान संबंधी अंतर्दृष्टि

निरंतर विकर्षणों और तीव्र परिवर्तनों की आधुनिक दुनिया में आंतरिक शांति की भावना खोजना एक कठिन काम की तरह लग सकता है। फिर भी, ध्यान और शांति के अवतार भगवान् शिव जीवन की उथल-पुथल के बीच शांति पैदा करने के लिए गहन अंतर्दृष्टि प्रदान करते हैं।

ब्रह्मांडीय शांति

शिव, जिन्हें प्रायः गहरे ध्यान में दरशाया जाता है, आंतरिक शांति के प्रतीक के रूप में कार्य करते हैं। लौकिक नृत्य के बीच उनका शांत चेहरा बाहरी दुनिया से परे उत्कृष्टता की स्थिति को दरशाता है। शिव का ध्यान हमें सिखाता है कि जीवन के बवंडर के बीच हम खुद को अपनी चेतना के अभयारण्य में स्थापित कर सकते हैं। अंदर की ओर मुड़कर हम शांति के भंडार में प्रवेश करते हैं, जो बाहरी परिस्थितियों से अप्रभावित रहता है।

शिव का मंत्र : ध्वनि और मौन

शिव का 'ओउम्' मंत्र के साथ जुड़ाव ध्यान में ध्वनि के महत्त्व को रेखांकित करता है। इस पवित्र शब्दांश की पुनरावृत्ति बाहरी और आंतरिक दुनिया के बीच एक पुल का काम करती है। शिव की शिक्षाएँ ध्वनि का उपयोग करने के लिए हमारा मार्गदर्शन करती हैं, चाहे मंत्रों के जाप के

माध्यम से या हमारी साँसों में ट्यूनिंग के माध्यम से हमारे मन की ध्वनि सतह को पार करने और भीतर की गहन शांति तक पहुँचने के लिए एक उपकरण के रूप में।

शिव और गणेश : माता-पिता के संबंधों का पोषण

शिव और उनके पुत्र गणेश के बीच का रिश्ता माता-पिता के संबंधों के पोषण के महत्त्व को रेखांकित करता है। शिव का मार्गदर्शन हमें सिखाता है कि पालन-पोषण में न केवल शारीरिक जरूरतों को पूरा करना शामिल है, बल्कि भावनात्मक और आध्यात्मिक विकास का पोषण भी शामिल है। जिस प्रकार शिव अपने हाथी के सिर वाले गणेश को प्रेमपूर्वक स्वीकार करते हैं, उसी प्रकार हम अपने बच्चों की विशिष्टता को स्वीकार करना और उनकी आत्म-खोज की यात्रा का समर्थन करना सीख सकते हैं।

नंदी : समर्पित साथी

नंदी, शिव के एकनिष्ठ वाहन बैल संबंधों में अटूट भक्ति और विश्वास का प्रतीक हैं। शिव की शिक्षाएँ हमें दूसरों के साथ अपने संबंधों में धैर्य, निष्ठा और समर्थन के गुण विकसित करने के लिए मार्गदर्शन करती हैं। खुशी और चुनौतियों के समय में अपने प्रियजन के लिए मौजूद रहकर हम विश्वास एवं अंतरंगता की नींव बनाते हैं और ऐसे रिश्तों को बढ़ावा देते हैं, जो समय की कसौटी पर खरे उतरते हैं।

भावनाओं को संतुलित करना

शिव की कहानियाँ उनके उग्र क्रोध से लेकर उनकी असीम करुणा तक भावनाओं का एक कैनवास प्रकट करती हैं। शिव का ज्ञान हमें रिश्तों में अपनी भावनाओं को संतुलित करने का महत्त्व सिखाता है। जबकि क्रोध परिवर्तन के लिए उत्प्रेरक का काम कर सकता है, अनियंत्रित क्रोध विनाश का कारण बन सकता है। शिव का मार्ग हमें भावनाओं को रचनात्मक रूप से

प्रसारित करने, विकास और समझ के लिए उपकरण के रूप में उपयोग करने के लिए प्रोत्साहित करता है।

तूफानों के बीच शिव की शांति

संघर्ष के सामने शिव की शांति संघर्ष समाधान की कला का उदाहरण हैं। शिव की शिक्षाएँ हमें संघर्षों को वैराग्य और परिप्रेक्ष्य की भावना के साथ देखने के लिए मार्गदर्शन करती हैं। भावनाओं को निर्णय पर हावी न होने देकर हम ऐसे समाधान ढूँढ़ सकते हैं, जो इसमें शामिल सभी पक्षों की जरूरतों और भावनाओं का सम्मान करते हैं। शिव का मार्ग हमें संघर्षों से मिलने वाले सबक को महत्त्व देते हुए सामान्य आधार तलाशने के लिए प्रोत्साहित करता है।

शिव की परोपकारिता

मानवता के प्रति शिव की निस्स्वार्थ सेवा रिश्तों में देने के महत्त्व का प्रतीक हैं। शिव की शिक्षाएँ हमें अपने समय, ध्यान और संसाधनों के प्रति उदार होने के लिए मार्गदर्शन करती हैं। बदले में कुछ भी अपेक्षा किए बिना दूसरों की सेवा करके हम देने तथा प्राप्त करने का एक सामंजस्यपूर्ण चक्र बनाते हैं और संबंधों का पोषण करते हैं, जो आपसी देखभाल की नींव पर बने होते हैं।

शांति का पवित्र मरुद्यान

जीवन की हलचल के बीच शिव की ध्यान संबंधी अंतर्दृष्टि हमें शांति का एक पवित्र नखलिस्तान प्रदान करती है। शिव के ध्यान माता-पिता के बंधन का पोषण, नंदी की भक्ति, भावनात्मक संतुलन का ज्ञान, संघर्ष समाधान की कला और निस्स्वार्थ सेवा के अभ्यास के माध्यम से हम जटिलताओं से निपटना सीखते हैं।

शिव का ज्ञान हमें यह पहचानने के लिए मार्गदर्शन करता है कि रिश्ते केवल लेन-देन नहीं हैं, बल्कि आपसी विकास और साझा अनुभवों के

अवसर हैं। इन अंतर्दृष्टियों को अपनी बातचीत में शामिल करके हम रिश्तों की एक धुन बनाते हैं, जो प्यार, समझ और एकता के साथ प्रतिध्वनित होती हैं। शिव के दिव्य बंधनों के माध्यम से हम अपने रिश्तों के ताने-बाने में सद्भाव के धागे बुनते हैं, जिससे सार्थक और पूर्ण संबंधों की दिशा में हमारी यात्रा बढ़ती है।

□

6

अहंकार का समर्पण

अहंकार, जो प्रायः संघर्ष और पीड़ा का स्रोत होता है, व्यक्तिगत विकास और सामंजस्यपूर्ण संबंधों में एक बड़ी बाधा हैं। विनम्रता के प्रतीक भगवान् शिव अहंकार को पार करने और निस्स्वार्थता का मार्ग अपनाने के बारे में गहन अंतर्दृष्टि प्रदान करते हैं।

शिव की जटाएँ

शिव के बिखरे हुए बाल अहंकार को वश में करने का प्रतीक हैं। स्वयं को विस्तृत केशों से सजाने के बजाय शिव अपने बालों को जंगली और खुला रखते हैं। शिव की शिक्षाएँ हमें निरंतर सत्यापन और मान्यता की आवश्यकता से मुक्त करने के लिए मार्गदर्शन करती हैं, जिससे हमें हमारे अहंकार के मुखौटे के बिना चमकने की अनुमति मिलती है। आत्म-महत्त्व की गाँठों को सुलझाकर हम वास्तविक विनम्रता को पनपने के लिए जगह बनाते हैं।

शिव का त्याग : पहचान से अलगाव

शिव का त्याग का मार्ग, जहाँ वे अपने राज्य और शाही पहचान को पीछे छोड़ते हैं, अहंकार के अतिक्रमण पर एक गहरा सबक देता है। शिव का ज्ञान हमें सिखाता है कि सच्ची पहचान उपाधियों, संपत्ति या भूमिकाओं में निहित नहीं है। बाहरी लेबलों से अलग होकर हम अहंकार से परे अपने

सार को पहचानने के करीब पहुँचते हैं। शिव का मार्ग हमें उन आसक्तियों को त्यागने के लिए प्रोत्साहित करता है, जो अहंकार को बढ़ावा देती हैं और हमारे अस्तित्व के असीम मूल से जुड़ती हैं।

कामदेव का विनाश

इच्छा के देवता कामदेव को भस्म करने का शिव का कार्य इच्छा-प्रेरित अहंकार पर विजय का प्रतीक है। शिव की शिक्षाएँ हमें यह पहचानने में मार्गदर्शन करती हैं कि अहंकार प्रायः अनियंत्रित इच्छाओं और लालसाओं से उत्पन्न होता है। इन इच्छाओं को संबोधित करके और उनके वास्तविक स्रोत को समझकर हम अहंकार की शक्ति पर नियंत्रण हासिल कर लेते हैं। शिव का मार्ग हमें संतुष्टि की स्थिति विकसित करने के लिए आमंत्रित करता है, जो निरंतर संतुष्टि के लिए अहंकार की आवश्यकता को कम करता है।

तप के माध्यम से विनम्रता

शिव की कठोर ध्यान की विस्तारित अवधि आंतरिक अनुशासन के माध्यम से विनम्रता का मार्ग प्रदर्शित करती है। शिव का ज्ञान हमें सिखाता है कि विनम्रता तब पैदा होती है, जब हम अपनी सीमाओं को स्वीकार करते हैं और उच्च सत्य के प्रति समर्पण करते हैं। आत्म-अनुशासन और आत्म-जागरूकता पैदा करने वाली प्रथाओं को अपनाकर हम अहंकार के अलगाव के भ्रम को पार करते हुए ब्रह्मांड में अपनी जगह को समझना शुरू करते हैं।

प्रत्येक आत्मा का सम्मान

ऋषियों और सामान्य लोगों—दोनों के साथ शिव की बातचीत उनके निष्पक्ष और विनम्र स्वभाव को उजागर करती है। शिव की शिक्षाएँ सामाजिक स्थिति या पृष्ठभूमि की परवाह किए बिना सभी के साथ सम्मान और करुणा के साथ व्यवहार करने के लिए हमारा मार्गदर्शन करती हैं। प्रत्येक आत्मा के भीतर दिव्य सार को पहचानकर हम अहंकार की बाधाओं को दूर कर देते हैं, जो प्रायः निर्णय और भेदभाव का कारण बनती हैं।

अहंकार की खाल उतारना

शिव का साथी साँप समय-समय पर अपनी त्वचा उतारता है, जो नवीनीकरण और पुरानेपन को त्यागने का प्रतीक है। शिव की शिक्षाएँ हमें समय के साथ जमा होने वाली अहंकार की परतों को हटाने के लिए मार्गदर्शन करती हैं। अपनी खामियों एवं सीमाओं को स्वीकार करके हम विनम्रता को बढ़ावा देते हैं, व्यक्तिगत विकास और परिवर्तन के लिए जगह बनाते हैं। जिस प्रकार साँप के झड़ने से नीचे की एक नई परत का पता चलता है, उसी प्रकार अहंकार के त्याग से हमारा प्रामाणिक स्वरूप उजागर होता है।

लौकिक नृत्य : अहंकार का विनाश

शिव का नृत्य अज्ञानता और अहंकार के विनाश को दरशाता है। नृत्य जीवन की लय और क्षणभंगुर सभी चीजों के विघटन का प्रतीक है। शिव की शिक्षाएँ हमें अहंकार की नश्वरता को अपनाने के लिए मार्गदर्शन करती हैं, यह पहचानते हुए कि अंततः यह भी खत्म हो जाएगी। अस्तित्व के नृत्य के साथ खुद को जोड़कर हम उस विनम्रता के करीब पहुँचते हैं, जो ब्रह्मांड की विशालता को समझने से उत्पन्न होती है।

विनम्रता को अपनाना, सत्य को अपनाना

शिव की विनम्रता का मार्ग आत्म-खोज और आंतरिक परिवर्तन की एक गहन यात्रा है। उलझे हुए बाल, त्याग, इच्छा-प्रेरित अहंकार का विनाश, तपस्या, भक्तों के साथ बातचीत, अहंकार की त्वचा को त्यागना और ब्रह्मांडीय नृत्य की शिक्षाओं के माध्यम से हम सीखते हैं कि विनम्रता कमजोरी का प्रतीक नहीं है, बल्कि आंतरिक शक्ति का द्वार है।

शिव का ज्ञान आत्म-प्रशंसा की आवश्यकता को त्यागने के लिए हमारा मार्गदर्शन करता है, जिससे हमारे सच्चे व्यक्तित्व को चमकने का अवसर मिलता है। इन अंतर्दृष्टियों को अपने जीवन में शामिल करके हम एक ऐसे रास्ते पर चलते हैं, जो न केवल विनम्रता को बढ़ावा देता है, बल्कि हमारे

रिश्तों को भी समृद्ध करता है, हमारी आत्म-जागरूकता को गहरा करता है और हमें अस्तित्व की गहन सच्चाइयों के करीब लाता है। शिव की शिक्षाओं के माध्यम से हम अहंकार की पकड़ को त्याग देते हैं और विनम्रता की परिवर्तनकारी शक्ति को अपनाते हैं।

□

7

उद्देश्य ढूँढ़ना

जीवन की जटिलताओं के बीच उद्‌देश्य की खोज एक मार्गदर्शक प्रकाश के रूप में कार्य करती है, अर्थ और दिशा प्रदान करती है। भगवान् शिव ब्रह्मांडीय नर्तक हमारे उद्‌देश्य को उजागर करने और हमारे कार्यों को उच्च ब्रह्मांडीय इरादे के साथ संरेखित करने में गहन अंतर्दृष्टि प्रदान करते हैं।

शिव का डमरु : सृजन की लय

शिव का डमरू ब्रह्मांड की लय बनाता है। शिव की शिक्षाएँ हमें इस ब्रह्मांडीय लय को सुनने, इसके भीतर अपनी अनूठी धुन की तलाश करने के लिए मार्गदर्शन करती हैं। अपने जुनून, प्रतिभा और इच्छाओं को ध्यान में रखकर हम ब्रह्मांड की रचनात्मक ऊर्जा के साथ जुड़ जाते हैं। शिव का मार्ग हमें रचनात्मक प्रयासों के माध्यम से अपने उद्‌देश्य को व्यक्त करने के लिए प्रोत्साहित करता है, अपने अद्वितीय नोट्स के साथ अस्तित्व की लय में योगदान देता है।

शिव और भस्मासुर : नकारात्मक ऊर्जाओं को परिवर्तित करना

शिव और राक्षस भस्मासुर की कहानी करुणा की परिवर्तनकारी शक्ति पर प्रकाश डालती है। शिव की शिक्षाएँ हमें आक्रामकता के बजाय सहानुभूति के साथ नकारात्मकता का जवाब देने के लिए मार्गदर्शन करती हैं। समझदारी

और करुणा दिखाकर हम नकारात्मक ऊर्जा को सकारात्मक परिवर्तन में बदलने की क्षमता रखते हैं। शिव का मार्ग हमें अपने प्रेमपूर्ण कार्यों के माध्यम से परिवर्तन का एजेंट बनने के लिए प्रोत्साहित करता है।

शिव का मौन : शब्दों से परे

शिव की गहरी ध्यानपूर्ण शांति शब्दों और मौन से परे के क्षेत्र का प्रतीक है; एक ऐसा स्थान, जहाँ द्वंद्व विलीन हो जाता है। शिव का ज्ञान हमें सिखाता है कि भाषा स्वाभाविक रूप से द्वैतवादी है, जो वास्तविकता को श्रेणियों में विभाजित करती है। शब्दों से परे जाकर हम गैर-दोहरी जागरूकता की स्थिति तक पहुँचते हैं, जहाँ संचार सीमाओं को पार करता है और हमें उस सार से जोड़ता है, जो सभी प्राणियों को एकजुट करता है।

शिव की रुद्र दहाड़

शिव के उग्र रूप रुद्र को प्राय: गर्जन वाली अभिव्यक्ति के साथ चित्रित किया जाता है। शिव की शिक्षाएँ हमें भय की ऊर्जा को शक्ति और दृढ़ संकल्प में बदलने में मार्गदर्शन करती हैं। भय का स्वयं पर नियंत्रण होने दिए बिना उसे स्वीकार करके हम आगे बढ़ाने के लिए उसकी शक्ति का उपयोग करते हैं। शिव का मार्ग हमें भय को बाधा से काररवाई के लिए प्रेरक शक्ति में बदलने की शक्ति देता है।

अँधेरे को गले लगाने का साहस

उग्र और भयानक रूपों सहित शिव के विभिन्न पहलू अँधेरे को गले लगाने के लिए आवश्यक साहस को उजागर करते हैं। शिव की बुद्धि हमें सिखाती है कि जब हम डर का सामना करते हैं तो वह कम हो जाता है। अपनी परछाइयों को स्वीकार और एकीकृत करके हम अपने ऊपर से उनकी शक्ति को समाप्त कर देते हैं। शिव का मार्ग हमें खुलेपन के साथ अपने डर का सामना करने और एक अटल भावना विकसित करने की शक्ति देता है।

शिव का श्मशानों में घूमना

श्मशानों में घूमने का शिव का निर्णय नश्वरता के साथ उनके टकराव का प्रतीक है। शिव की शिक्षाएँ मृत्यु के भय का सामना करने के लिए हमारा मार्गदर्शन करती हैं, जो प्राय: अन्य भयों का आधार होता है। जीवन की अनित्य प्रकृति को स्वीकार करके हम एक गहरा परिप्रेक्ष्य प्राप्त करते हैं, जो भय की शक्ति को कम कर देता है। शिव का मार्ग हमें अज्ञात के भय से मुक्त होकर पूरी तरह से जीने के लिए प्रोत्साहित करता है।

निर्भय पथ

शिव की साहसी भावना निर्भयता का मार्ग प्रकाशित करती है, हमें दिखाती है कि डर एक बाधा नहीं है, बल्कि विकास और परिवर्तन के लिए एक निमंत्रण है। तीसरी आँख की अंतर्दृष्टि, रुद्र की दहाड़, तांडव नृत्य, अँधेरे का आलिंगन, त्रिशूल की महारत, ब्रह्मांडीय नृत्य की लय, श्मशानों में घूमना और अन्य शिक्षाओं के माध्यम से हम सीखते हैं कि साहस और समझ के साथ मिलने पर डर अपनी पकड़ खो देता है।

शिव की बुद्धि हमें लचीलेपन और जिज्ञासा की भावना के साथ डर से निपटने की शक्ति देती है, जिससे हम इसकी सीमाओं को पार कर सकते हैं। इन अंतर्दृष्टियों को अपने जीवन में शामिल करके हम खुले दिल से चुनौतियों का सामना करते हैं, भय की क्षणभंगुर प्रकृति को पहचानते हैं और शिव की साहसी भावना के साहस के साथ जीवन का संचालन करते हैं। शिव की शिक्षाओं के माध्यम से हम ऐसे योद्धा के रूप में उभरते हैं, जो भय पर विजय पाते हैं, सशक्तीकरण और निडरता का जीवन जीते हैं।

□

8

शिव का गुरु-शिष्यत्व

आत्म-खोज और व्यक्तिगत विकास की यात्रा में गुरु का मार्गदर्शन बहुत महत्त्व रखता है। भगवान् शिव परम गुरु, गुरु-शिष्य संबंधों की परिवर्तनकारी शक्ति में गहन अंतर्दृष्टि प्रदान करते हैं।

आदि गुरु के रूप में शिव : प्रथम शिक्षक

आदि गुरु के रूप में पूजनीय शिव प्रथम शिक्षक के प्रतीक हैं। शिव की शिक्षाएँ गुरु को ज्ञान के पथ-प्रदर्शक आत्म-साक्षात्कार के मार्ग को प्रकाशित करने वाले के रूप में पहचानने के लिए हमारा मार्गदर्शन करती हैं। गुरु के मार्गदर्शन को अपनाकर हम सीखने और विकसित होने की अपनी इच्छा को स्वीकार करते हैं। शिव का मार्ग हमें उन शिक्षाओं के प्रति अपना हृदय खोलने के लिए प्रोत्साहित करता है, जो हमें हमारे आंतरिक सत्य के करीब ले जाती हैं।

शिव का दयालु मार्गदर्शन

गुरु के रूप में शिव की भूमिका ज्ञान बाँटने तक ही सीमित नहीं है; इसका विस्तार दयालु मार्गदर्शन प्रदान करने तक है। शिव की शिक्षाएँ हमें एक ऐसे गुरु की तलाश करने के लिए हमारा मार्गदर्शन करती हैं, जो प्रत्येक शिष्य की अनूठी चुनौतियों को समझते हुए प्रेम और सहानुभूति के साथ नेतृत्व

करता हो। शिव की करुणा को मूर्त रूप देकर गुरु समर्थन का स्रोत बन जाता है, जिससे शिष्यों को ज्ञान और अनुग्रह के साथ जीवन की जटिलताओं से निपटने में मदद मिलती है।

शिव और पार्वती : दिव्य शिष्य

शिव की समर्पित शिष्या के रूप में पार्वती की भूमिका गुरु-शिष्य संबंध की सहजीवी प्रकृति का उदाहरण है। शिव की शिक्षाएँ यह समझने के लिए हमारा मार्गदर्शन करती हैं कि गुरु-शिष्य का बंधन एक पवित्र साझेदारी है, जहाँ दोनों पक्ष एक-दूसरे के विकास में योगदान करते हैं। जिस प्रकार पार्वती के समर्पण ने उन्हें शिव का ज्ञान अर्जित कराया, उसी प्रकार हमारी ईमानदारी और प्रयास से गुरु का आशीर्वाद प्राप्त होता है।

शिव की तपस्या : प्रयास से शिष्यत्व

शिव की लंबी तपस्या शिष्यत्व के लिए आवश्यक प्रतिबद्धता की अंतर्दृष्टि प्रदान करती है। शिव की शिक्षाएँ समर्पण और अनुशासन के साथ सीखने के लिए हमारा मार्गदर्शन करती हैं। अपने आध्यात्मिक विकास में समय और प्रयास का निवेश करके हम गुरु की शिक्षाओं को प्राप्त करने के लिए अपनी तत्परता प्रदर्शित करते हैं। शिव का मार्ग हमें आत्म-प्रयास के माध्यम से आंतरिक परिवर्तन की यात्रा पर निकलने की शक्ति देता है।

गुरु-शिष्य परंपरा

अपने ज्ञान को ईमानदार साधकों के साथ साझा करने की शिव की इच्छा ज्ञान संचारित करने की गुरु की जिम्मेदारी को उजागर करती है। शिव की शिक्षाएँ हमें अपने जीवन में उदारता अपनाने के लिए हमारा मार्गदर्शन करती हैं; जो ज्ञान हम प्राप्त करते हैं, उसे उन लोगों के साथ साझा करते हैं, जो इसे चाहते हैं। ज्ञान की वंशावली को जारी रखते हुए हम गुरु-शिष्य परंपरा का सम्मान करते हैं और दूसरों के विकास में योगदान देते हैं।

शिव का आशीर्वाद

शिव का आशीर्वाद, जो प्राय: स्पर्श या दृष्टि के माध्यम से प्रदान किया जाता है, आंतरिक ज्ञान के जागरण का प्रतीक है। शिव की शिक्षाएँ हमें यह समझने के लिए हमारा मार्गदर्शन करती हैं कि गुरु का आशीर्वाद केवल अनुष्ठान नहीं, बल्कि परिवर्तन के लिए शक्तिशाली उत्प्रेरक हैं। विनम्रता और कृतज्ञता के साथ गुरु का आशीर्वाद प्राप्त करके हम ज्ञान के स्रोत का लाभ उठाते हैं, जो हमारी आध्यात्मिक यात्रा में हमारा मार्गदर्शन करता है।

सीखने का शाश्वत चक्र

शिव की गुरु-शिष्य शिक्षाएँ हमें जीवन को सीखने और विकास के एक सतत चक्र के रूप में देखने के लिए प्रेरित करती हैं। आदि गुरु की अंतर्दृष्टि, दयालु मार्गदर्शन, शिव और पार्वती की गुरु-शिष्य साझेदारी, तपस्या की प्रतिबद्धता, ज्ञान साझा करना, आशीर्वाद इत्यादि के माध्यम से हम सीखते हैं कि गुरु-शिष्य संबंध पारस्परिक विकास के लिए एक पवित्र स्थान है।

शिव की बुद्धि हमें ऐसे गुरुओं की तलाश करने में सक्षम बनाती है, जो प्रेम और ज्ञान के साथ हमारा मार्गदर्शन करते हैं, साथ ही हमें हमारे सामने आने वाले प्रत्येक अनुभव और व्यक्ति से सीखने के लिए खुले रहने के लिए भी प्रेरित करते हैं। इन अंतर्दृष्टियों को अपने जीवन में शामिल करके हम मानते हैं कि ज्ञान की खोज की यात्रा आजीवन है और गुरु-शिष्य का संबंध अज्ञानता और ज्ञान के बीच एक पुल के रूप में कार्य करता है। शिव के गुरु-शिष्यत्व के माध्यम से हम ज्ञान के साधक और भागीदार दोनों बन जाते हैं, जिससे सीखने और विकास का शाश्वत चक्र कायम रहता है।

□

9

रचनात्मकता का प्रवाह

रचनात्मकता नवीनता, अभिव्यक्ति और व्यक्तिगत पूर्ति का स्रोत है। भगवान् शिव ब्रह्मांडीय कलाकार हमारे जीवन को समृद्ध बनाने के लिए रचनात्मकता की शक्ति का उपयोग करने में गहन अंतर्दृष्टि प्रदान करते हैं।

ब्रह्मांडीय कलात्मकता

शिव का लौकिक नृत्य कलात्मक अभिव्यक्ति का प्रतीक है। शिव की शिक्षाएँ हमें यह पहचानने में हमारा मार्गदर्शन करती हैं कि सृजन एक कलात्मक कार्य है और हम में से प्रत्येक अपने आप में एक कलाकार है। एक रचनाकार की भावना के साथ जीवन को अपनाकर हम अपने अनुभवों को आकार देने और बदलने की अपनी सहज क्षमता का उपयोग करते हैं। शिव का मार्ग हमें अस्तित्व के हर पहलू में रचनात्मकता लाने की शक्ति देता है।

रचनात्मकता की लय

शिव की शिक्षाएँ ब्रह्मांडीय धड़कन को सुनने और इसकी रचनात्मक ऊर्जा के साथ तालमेल बिठाने के लिए हमारा मार्गदर्शन करती हैं। अपने आप को जीवन की लय में ढालकर हम प्रेरणा के स्रोत तक पहुँचते हैं, जो हमारे

रचनात्मक प्रयासों को बढ़ावा देता है। शिव का मार्ग हमें यह पहचानने के लिए प्रोत्साहित करता है कि जब हम अस्तित्व की नब्ज के साथ सामंजस्य बिठाते हैं तो रचनात्मकता प्रवाहित होती है।

दृष्टि और कल्पना

शिव की तीसरी आँख उन्नत धारणा और कल्पना क़ा प्रतिनिधित्व करती है। शिव की शिक्षाएँ हमें आंतरिक दृष्टि विकसित करने के लिए हमारा मार्गदर्शन करती हैं, जिससे हम सतह से परे देख सकते हैं और नई संभावनाओं की कल्पना कर सकते हैं। अपनी कल्पनाशील क्षमताओं को जाग्रत् करके हम पारंपरिक सोच से मुक्त हो जाते हैं और रचनात्मकता के अज्ञात क्षेत्रों का पता लगाते हैं। शिव का मार्ग हमें जीवन के कैनवास को अपनी कल्पना के रंगों से रँगने की शक्ति देता है।

रचनात्मक प्रक्रिया का समावेश

शिव की शिक्षाएँ हमें रचनात्मक प्रक्रिया के दोनों पहलुओं—सृजन और विनाश—को अपनाने के लिए हमारा मार्गदर्शन करती हैं। नए विचारों का जन्म और पुराने विचारों का विमोचन। यह समझकर कि सृजन में नए के लिए रास्ता बनाने के लिए पुराने को त्यागना शामिल है, हम रचनात्मकता की तरंगों को खुलेपन और अनुकूलनशीलता के साथ आगे बढ़ाते हैं।

प्रेरणा और क्रिया का संतुलन

शिव का त्रिशूल, जो अतीत, वर्तमान और भविष्य पर नियंत्रण का प्रतीक है, प्रेरणा और काररवाई को संतुलित करने में अंतर्दृष्टि प्रदान करता है। शिव की शिक्षाएँ हमें प्रेरणा को मूर्त रचनात्मक उत्पादन में बदलने के लिए हमारा मार्गदर्शन करती हैं। रचनात्मक चिनगारी और अनुशासित काररवाई के बीच संतुलन बनाकर हम दुनिया में अपनी कलात्मक दृष्टि

प्रकट करते हैं। शिव का मार्ग हमें प्रेरणा को कलात्मकता में बदलने की शक्ति देता है।

त्याग के साथ नृत्य

शिव की शिक्षाएँ हमें जीवन में त्याग की भावना के साथ नृत्य करने तथा हमारे रचनात्मक प्रवाह में बाधा डालने वाले अवरोधों को दूर करने के लिए हमारा मार्गदर्शन करती हैं। प्रामाणिकता को अपनाकर और अपनी रचनात्मक आवाज की विशिष्टता को अपनाकर हम अपनी रचनाओं को अपने सच्चे 'स्व' की ऊर्जा से भर देते हैं।

अपरंपरागत अभिव्यक्ति

जब हम सामाजिक मानदंडों और अपेक्षाओं को छोड़ देते हैं तो रचनात्मकता पनपती है। खुद को अनूठे और अपरंपरागत तरीकों से व्यक्त करने की स्वतंत्रता को अपनाकर हम अपने भीतर मौजूद रचनात्मकता के कुएँ का लाभ उठाते हैं। शिव का मार्ग हमें रूढ़ि की सीमाओं से बाहर निकालकर चित्रकारी करने की शक्ति देता है।

रचनात्मक ढंग से जीने की कला

शिव का कलात्मक प्रवाह हमें जीवन को एक कैनवास के रूप में देखने के लिए प्रेरित करता है, जिस पर हम अपने सपनों और विचारों को चित्रित करते हैं। नटराज के नृत्य, डमरू की लय, तीसरी आँख की कल्पना, शिव के लौकिक नृत्य की रचनात्मक प्रक्रिया, त्रिशूल का संतुलन, नटराज की बेहिचक अभिव्यक्ति, उलझे हुए बालों की अपरंपरागतता और बहुत कुछ की शिक्षाओं के माध्यम से हम सीखते हैं कि रचनात्मकता एक अलग प्रयास नहीं है, बल्कि स्वयं ही अस्तित्व का सार है।

शिव की बुद्धि हमें हर पल को रचनात्मकता से भरने की शक्ति देती है, चाहे वह हमारे काम, शौक या दूसरों के साथ बातचीत के माध्यम से हो। इन

अंतर्दृष्टियों को अपने जीवन में शामिल करके हम कलात्मक अभिव्यक्ति की असीमित क्षमता के प्रति जाग्रत् होते हैं और पाते हैं कि रचनात्मकता आत्म-खोज, नवाचार एवं आनंदमय जीवन के लिए एक शक्तिशाली उपकरण है। शिव के कलात्मक प्रवाह के माध्यम से हम अपनी जीवंत और अभिव्यंजक वास्तविकता के सह-निर्माता बन जाते हैं।

□

10

आनंद की प्राप्ति

जीवन की चुनौतियों व जटिलताओं के बीच आंतरिक आनंद और स्थायी खुशी की खोज एक सार्वभौमिक आकांक्षा है। भगवान् शिव आनंद के अवतार हैं और सच्ची व स्थायी खुशी प्राप्त करने के लिए हमें गहन अंतर्दृष्टि प्रदान करते हैं।

आनंद की लय

शिव की शिक्षाएँ हमें जीवन को आनंद के नृत्य के रूप में देखने के लिए हमारा मार्गदर्शन करती हैं, जहाँ हर पल आनंद को व्यक्त करने और अनुभव करने का अवसर है। अपनी लय को ब्रह्मांडीय नृत्य के साथ जोड़कर हम आनंद के उस स्रोत का लाभ उठाते हैं, जो हमारे अस्तित्व में बहता है। शिव का मार्ग हमें जीवन को आनंदमय हृदय से अपनाने की शक्ति देता है।

भीतर का स्रोत

शिव की ध्यान अवस्था भीतर से उत्पन्न होने वाले आनंद का उदाहरण है। शिव की शिक्षाएँ हमें यह समझने के लिए हमारा मार्गदर्शन करती हैं कि खुशी बाहरी परिस्थितियों पर निर्भर नहीं है, बल्कि हमारे वास्तविक स्वभाव का एक अंतर्निहित गुण है। अंदर की ओर मुड़कर और आनंद के अपने

आंतरिक स्रोत से जुड़कर हम खुद को बाहरी उतार-चढ़ाव की मुसीबत से मुक्त करते हैं।

मन की मौज को गले लगाना

सच्चा आनंद तब उभरता है, जब हम गंभीरता को त्याग देते हैं और खुद को अस्तित्व के चंचल सार का अनुभव करने की अनुमति देते हैं। सहजता और हलके-फुलकेपन को अपनाकर हम आनंद के पनपने के लिए जगह बनाते हैं।

प्रेम की कीमिया

सच्चा प्रेम हमारे जीवन में आनंद का पोषण करता है। आपसी सम्मान और समझ पर आधारित रिश्तों को विकसित करके हम स्थायी खुशी की नींव बनाते हैं। शिव का मार्ग हमें अपने संबंधों को आनंद के सार से भरने की शक्ति देता है।

द्वंद्व से परे नृत्य

शिव की शिक्षाएँ हमें द्वंद्व के दायरे से परे आनंद का अनुभव करने के लिए मार्गदर्शन करती हैं। सुख के प्रति आसक्ति और दुःख के प्रति घृणा को पार करके हम समता की स्थिति में पहुँच जाते हैं, जो स्थायी खुशी को बढ़ावा देती है। शिव का मार्ग हमें चुनौतियों के बीच भी आनंद खोजने की शक्ति देता है।

शिव की कृपा : आनंदमय समर्पण

शिव की कृपा उस परोपकारी ऊर्जा का प्रतीक है, जो आध्यात्मिक जागृति की ओर ले जाती है। शिव की शिक्षाएँ हमें यह पहचानने के लिए हमारा मार्गदर्शन करती हैं कि सच्चा आनंद तब उभरता है, जब हम किसी उच्च शक्ति के प्रति समर्पण करते हैं। जीवन के प्रवाह पर नियंत्रण और भरोसा करने की आवश्यकता को छोड़कर हम अनुग्रह की स्थिति के साथ जुड़ते हैं, जो गहरा आनंद और संतुष्टि लाता है।

शिव का लौकिक नृत्य : एकता का आनंद

शिव का लौकिक नृत्य सृजन और विनाश की एकता को दरशाता है। शिव की शिक्षाएँ हमें सभी प्राणियों के साथ हमारे अंतर्संबंध के एहसास के माध्यम से आनंद का अनुभव करने के लिए मार्गदर्शन करती हैं। यह पहचानकर कि हम सभी एक ही ब्रह्मांडीय नृत्य का हिस्सा हैं, हम अपनेपन की भावना का लाभ उठाते हैं, जो हमारे आनंद के अनुभव को समृद्ध करता है। शिव का मार्ग हमें विविधता में एकता का उत्सव मनाने की शक्ति देता है।

खुशी का नृत्य

शिव का आनंदमय सार स्थायी खुशी प्राप्त करने का मार्ग रोशन करता है। नटराज के नृत्य, भीतर की आनंदमय स्थिति, उलझे हुए बालों की चंचलता, शिव के प्रेम की कीमिया, तांडव की उत्कृष्टता, अनुग्रह के प्रति समर्पण, ब्रह्मांडीय नृत्य की एकता इत्यादि की अंतर्दृष्टि के माध्यम से हम सीखते हैं कि आनंद एक क्षणभंगुर भावना नहीं, बल्कि एक होने की अवस्था है।

शिव का ज्ञान हमें जीवन के एक तरीके के रूप में आनंद को विकसित करने, आंतरिक आनंद के स्रोत से प्रेरणा लेने और हर पल को कृतज्ञता व उत्साह के साथ मनाने की शक्ति देता है। इन अंतर्दृष्टियों को अपने जीवन में शामिल करके हम इस गहन सत्य से अवगत होते हैं कि आनंद बाहरी दुनिया में नहीं मिलता है, बल्कि यह हमारे सच्चे सार की एक उज्ज्वल अभिव्यक्ति है। शिव के आनंदमय सार के माध्यम से हम खुशी, प्रामाणिकता और उद्देश्य से भरे जीवन को अपनाते हैं।

□

11

प्रामाणिक रूप से जीना

ऐसी दुनिया में, जहाँ प्राय: सामाजिक अपेक्षाएँ और बाहरी दबाव होते हैं, प्रामाणिकता की खोज आत्म-खोज और व्यक्तिगत पूर्ति का एक महत्त्वपूर्ण पहलू बन जाती हैं। प्रामाणिकता के प्रतीक भगवान् शिव किसी के सच्चे 'स्व' को अपनाने और आंतरिक मूल्यों के अनुरूप जीवन जीने के बारे में गहन अंतर्दृष्टि प्रदान करते हैं। इस अध्याय में हम प्रामाणिक रूप से जीने, विशिष्टता को अपनाने और आत्म-अभिव्यक्ति में मुक्ति पाने पर शिव की शिक्षाओं का पता लगाते हैं।

क्षमाप्रार्थी 'स्व'

शिव की शिक्षाएँ हमें सामाजिक मानदंडों के अनुरूप होने और अपने वास्तविक सार को अपनाने की आवश्यकता से मुक्त करने के लिए हमारा मार्गदर्शन करती हैं। अपनी विचित्रताओं और व्यक्तित्व को व्यक्त करने की अनुमति देकर हम स्वयं को बाहरी अपेक्षाओं के बंधनों से मुक्त करते हैं। शिव का मार्ग हमें अपनी प्रामाणिकता को गर्व के साथ धारण करने की शक्ति देता है।

आत्म-जागरूकता

शिव की शिक्षाएँ हमें सतही पहचानों से परे देखने और अपनी आंतरिक

गहराई में जाने के लिए मार्गदर्शन देती हैं। आत्म-जागरूकता विकसित करके हम अपनी प्रामाणिक इच्छाओं, मूल्यों और जुनून को उजागर करते हैं। शिव का मार्ग हमें अपने सच्चे 'स्व' के साथ तालमेल बिठाकर जीने और ऐसे विकल्प चुनने की शक्ति देता है, जो हमारे आंतरिक सत्य के अनुरूप हों।

भीतर द्वैत को अपनाना

शिव की शिक्षाएँ हमें अपनी शक्तियों और कमजोरियों को स्वीकार करते हुए अपने अस्तित्व के सभी पहलुओं का सम्मान करने के लिए हमारा मार्गदर्शन करती हैं। यह पहचानकर कि प्रामाणिकता में हमारी रोशनी और छाया को एकीकृत करना शामिल है, हम संपूर्णता और आत्म-स्वीकृति की भावना को बढ़ावा देते हैं।

प्रामाणिक रिश्ते

शिव की शिक्षाएँ हमें ऐसे संबंध खोजने के लिए मार्गदर्शन देती हैं, जहाँ हम अपने सच्चे स्वरूप बन सकें। ऐसे रिश्तों को विकसित करके, जो हमारे विकास का समर्थन करते हैं और हमें अपने प्रामाणिक 'स्व' को व्यक्त करने की अनुमति देते हैं, हम आत्म-खोज और आपसी समझ के लिए एक पोषक वातावरण बनाते हैं।

आंतरिक सत्य को व्यक्त करना

शिव की शिक्षाएँ हमें जीवन के नृत्य के माध्यम से अपने आंतरिक सत्य को व्यक्त करने के लिए हमारा मार्गदर्शन करती हैं। अपने कार्यों को अपने मूल्यों और जुनून के साथ जोड़कर हम एक ऐसा जीवन बनाते हैं, जो प्रामाणिकता के साथ प्रतिध्वनित होता है। शिव का मार्ग हमें अपनी यात्रा के हर चरण में अपनी मान्यताओं को मूर्त रूप देने की शक्ति देता है।

मुक्तिदायक प्रामाणिकता

शिव की कृपा उस मुक्तिदायक ऊर्जा का प्रतीक है, जो हमें हमारे

वास्तविक स्वरूप के प्रति जाग्रत् करती है। शिव की शिक्षाएँ हमें यह पहचानने के लिए मार्गदर्शन करती हैं कि प्रामाणिकता किसी व्यक्तित्व को अपनाने के बारे में नहीं है; बल्कि जो हमेशा से मौजूद है, उसे उजागर करने के बारे में है। आत्म-खोज की हमारी यात्रा का समर्थन करने वाली कृपा को अपनाकर हम अपने प्रामाणिक 'स्व' की पूर्णता में कदम रखते हैं।

भीतर की यात्रा

शिव की शिक्षाएँ हमें आत्म-खोज की आंतरिक यात्रा पर जाने के लिए मार्गदर्शन देती हैं। अपने विचारों, भावनाओं और प्रेरणाओं में गहराई से उतरकर हम प्रामाणिकता की उन परतों को उजागर करते हैं, जो शायद अस्पष्ट हो गई हों। शिव का मार्ग हमें भीतर की प्रामाणिकता के कुएँ में प्रवेश करने की शक्ति देता है।

प्रामाणिकता को मूर्त रूप देना

शिव की प्रामाणिकता का अवतार हमें मुखौटे उतारने और अपने सच्चे स्वरूप को अपनाने के लिए प्रेरित करता है। शिव का ज्ञान हमें ऐसा जीवन जीने के लिए सशक्त बनाता है, जो हमारी विशिष्टता और मूल्यों का सम्मान करता है तथा पूर्णता और आत्म-स्वीकृति की भावना को बढ़ावा देता है। इन अंतर्दृष्टियों को अपने जीवन में शामिल करके हम एक परिवर्तनकारी शक्ति के रूप में प्रामाणिकता की शक्ति को जाग्रत् करते हैं, जो दुनिया में हमारी पसंद, रिश्तों और योगदान को आकार देती है। शिव के मार्गदर्शन के माध्यम से हम अपने सच्चे 'स्व' की उज्ज्वल प्रामाणिकता में कदम रखते हैं।

□

12

जन्म और मृत्यु का रहस्य

जन्म और मृत्यु के चक्र मानव अस्तित्व के रहस्यमय पहलू हैं, जो प्रायः भावनाओं और प्रश्नों की एक श्रृंखला के साथ जुड़े होते हैं। भगवान् शिव ब्रह्मांडीय योगी, जन्म और मृत्यु के रहस्यों को समझने तथा उनके भीतर अर्थ खोजने में गहन अंतर्दृष्टि प्रदान करते हैं।

कालातीत पर्यवेक्षक

शिव का विशेषण महाकाल ब्रह्मांड में होने वाली हर चीज के कालातीत पर्यवेक्षक के रूप में उनकी भूमिका को दरशाता है। शिव की शिक्षाएँ हमें रैखिक समय की सीमाओं से परे देखने और अस्तित्व की चक्रीय प्रकृति को पहचानने में हमारा मार्गदर्शन करती हैं। इस समझ को अपनाकर कि जन्म और मृत्यु एक शाश्वत नृत्य का हिस्सा हैं, हम स्वीकृति और अनुग्रह की भावना के साथ जीवन के बदलावों को आगे बढ़ाते हैं।

ब्रह्मांडीय नृत्य में संतुलन

शिव की शिक्षाएँ हमें ब्रह्मांडीय संतुलन बनाए रखते हुए जन्म और मृत्यु को एक ही सिक्के के दो पहलू के रूप में देखने के लिए हमारा मार्गदर्शन करती हैं। भौतिक रूपों की नश्वरता और आत्मा की अनंतता को स्वीकार करके हम अस्तित्व के भव्य डिजाइन में सांत्वना पाते हैं।

जीवन की लय

शिव का ज्ञान हमें जन्म और मृत्यु के चक्र को जीवन के अभिन्न अंग के रूप में अपनाने के लिए मार्गदर्शन देता है। यह पहचानकर कि हर अंत एक नई शुरुआत है, हम मृत्यु के भय से मुक्त हो जाते हैं और अस्तित्व के निरंतर विकसित होते नृत्य की सुंदरता के लिए खुद को खोल देते हैं।

विघटन और पुनर्जन्म

शिव की शिक्षाएँ यह समझने के लिए हमारा मार्गदर्शन करती हैं कि जिस प्रकार उन्होंने नई रचना का मार्ग प्रशस्त करने के लिए ब्रह्मांड को विघटित कर दिया, उसी प्रकार हमारा अपना जीवन भी परिवर्तन के चक्रों से चिह्नित है। जीवन के प्रत्येक चरण को अपने आध्यात्मिक विकास में एक सीढ़ी के रूप में देखकर हम जन्म और मृत्यु के रहस्यों को अपनाते हैं।

आत्माओं की शाश्वत यात्रा

शिव की शिक्षाएँ रिश्तों को जन्मों से परे कर्म संबंधों के रूप में देखने के लिए हमारा मार्गदर्शन करती हैं। यह समझकर कि जन्म और मृत्यु आत्मा की यात्रा की महान् कहानी के अध्याय हैं, हम निरंतरता और उद्देश्य की भावना के साथ जीवन के परिवर्तनों को देखते हैं।

भौतिक दायरे से परे

शिव की शिक्षाएँ हमें यह पहचानने के लिए हमारा मार्गदर्शन करती हैं कि जन्म और मृत्यु अस्तित्व के अंतिम बिंदु नहीं हैं, बल्कि चेतना के संक्रमण हैं। ध्यान के अभ्यास को अपनाकर और अंदर की ओर मुड़कर हम उस शाश्वत सार से जुड़ते हैं, जो भौतिक दुनिया की सीमाओं से परे है।

परिवर्तन का नृत्य

शिव की शिक्षाएँ हमें यह समझने में हमारा मार्गदर्शन करती हैं कि जीवन के नृत्य में सृजन, संरक्षण और विनाश के क्षण शामिल हैं। इस नृत्य के प्रति

समर्पण करके हम प्रतिरोध छोड़ते हैं और खुद को परिवर्तन की धारा में बहने देते हैं। शिव का मार्ग हमें जन्म और मृत्यु के रहस्यों को अनुग्रह के साथ अपनाने की शक्ति देता है।

शाश्वत खेल

जन्म और मृत्यु के रहस्यों में शिव की अंतर्दृष्टि हमें जीवन को चेतना के एक शाश्वत खेल के रूप में समझने में मार्गदर्शन करती है। महाकाल के कालातीत परिप्रेक्ष्य की समझ के माध्यम से शिव हमें जन्म और मृत्यु को श्रद्धा की भावना के साथ देखने की शक्ति देते हैं, यह जानते हुए कि वे अस्तित्व की जटिल बुनावट में धागे हैं। इन अंतर्दृष्टियों को अपने जीवन में शामिल करके हम आत्मा की यात्रा की शाश्वत प्रकृति को अपनाते हैं तथा इस ज्ञान में आराम पाते हैं कि प्रत्येक संक्रमण विकास और जागृति का अवसर हैं। शिव की अंतर्दृष्टि के माध्यम से हम खुले मन और मस्तिष्क के साथ जीवन के रहस्यों के प्रवाह में कदम रखते हैं।

□

13

धर्म के मार्ग पर चलना

विकल्पों और नैतिक दुविधाओं से भरी दुनिया में एक सार्थक और सैद्धांतिक जीवन जीने के लिए नैतिक दिशा-निर्देश का मार्गदर्शन आवश्यक हो जाता है। भगवान् शिव धर्म के अवतार, धर्म के मार्ग पर चलने और नैतिक मूल्यों को बनाए रखने में गहन अंतर्दृष्टि प्रदान करते हैं।

धर्म के सर्वोच्च शिक्षक

आदि योगी के रूप में पूजनीय शिव धर्म के सर्वोच्च शिक्षक के उदाहरण हैं। शिव की शिक्षाएँ हमें यह पहचानने के लिए हमारा मार्गदर्शन करती हैं कि धर्म नियमों का कोई कठोर समूह नहीं है, बल्कि ब्रह्मांडीय सिद्धांतों के अनुरूप जीवन जीने का एक गतिशील तरीका है। अपने आंतरिक आदि योगी का मार्गदर्शन प्राप्त करके हम स्पष्टता और ज्ञान के साथ नैतिक जटिलताओं से निपटते हैं। शिव का मार्ग हमें जीवन के हर पहलू में धर्म को अपनाने की शक्ति देता है।

विवेकशील धार्मिकता

शिव की शिक्षाएँ अस्पष्टता की स्थिति में भी सही और गलत को पहचानने की क्षमता विकसित करने के लिए हमारा मार्गदर्शन करती हैं। नैतिक बुद्धिमत्ता विकसित करके हम ऐसे निर्णय लेते हैं, जो हमारे मूल्यों के

अनुरूप होते हैं और धर्म के सिद्धांतों को कायम रखते हैं। शिव का मार्ग हमें जीवन के चौराहे को ईमानदारी के साथ पार करने की शक्ति देता है।

धर्म में साझेदारी

शिव की शिक्षाएँ हमें यह पहचानने के लिए हमारा मार्गदर्शन करती हैं कि नैतिक विकल्प अकेले नहीं, बल्कि संबंधों और दायित्वों के संदर्भ में चुने जाते हैं। खुले संचार और आपसी सम्मान को विकसित करके हम यह सुनिश्चित करते हैं कि हमारे कार्य हमारे मूल्यों एवं प्रतिबद्धताओं के अनुरूप हों।

धार्मिकता का नृत्य

शिव की शिक्षाएँ धर्म को धार्मिकता के नृत्य के रूप में देखने के लिए हमारा मार्गदर्शन करती हैं, जो ब्रह्मांडीय व्यवस्था को बनाए रखता है। अपने कार्यों को सत्य, अखंडता और न्याय के सिद्धांतों के साथ जोड़कर हम अस्तित्व की सामंजस्यपूर्ण लय में योगदान करते हैं। शिव का मार्ग हमें अपने दैनिक जीवन में धर्म का संरक्षक बनने की शक्ति देता है।

भक्ति और निष्ठा

शिव की शिक्षाएँ हमें यह पहचानने के लिए हमारा मार्गदर्शन करती हैं कि नैतिक जीवन के लिए धर्म के प्रति निष्ठा आवश्यक है। नैतिक मूल्यों के प्रति अपनी प्रतिबद्धता में दृढ़ रहकर हम धार्मिकता के मार्ग के प्रति समर्पण की भावना विकसित करते हैं। शिव का मार्ग हमें नैतिक चुनौतियों के सामने अडिग खड़े रहने की शक्ति देता है।

कर्तव्य की पूर्ति

शिव की कृपा उस दिव्य समर्थन का प्रतीक है, जो तब उत्पन्न होता है, जब हम अपना धर्म निभाते हैं। शिव की शिक्षाएँ हमें यह समझने के लिए मार्गदर्शन करती हैं कि धर्म न केवल एक नैतिक कर्तव्य है, बल्कि आंतरिक

संतुष्टि का स्रोत है। समर्पण और निष्ठा के साथ अपने दायित्वों को अपनाकर हम अपने जीवन में अनुग्रह को आमंत्रित करते हैं, जिससे संतुष्टि और उद्देश्य की भावना पैदा होती है।

आत्म-अनुशासन और नैतिक जीवन

शिव की शिक्षाएँ हमें यह समझने में हमारा मार्गदर्शन करती हैं कि धर्म को हमारे मूल्यों के अनुरूप विकल्प चुनने के लिए अनुशासन की आवश्यकता होती है, भले ही यह चुनौतीपूर्ण हो। आत्म-नियंत्रण और आंतरिक शक्ति विकसित करके हम अपने स्वयं के नैतिक आचरण के प्रबंधक बन जाते हैं।

सदाचार का मार्ग

धर्म के मार्ग पर चलने की शिव की शिक्षाएँ नैतिक उत्कृष्टता के जीवन का मार्ग प्रशस्त करती हैं। शिव की शिक्षा हमें ऐसे विकल्प चुनने की शक्ति देती है, जो हमारे उच्चतम मूल्यों को प्रतिबिंबित करते हैं और हमारी तथा दुनिया की भलाई में योगदान करते हैं। इन अंतर्दृष्टियों को अपने जीवन में शामिल करके हम हर निर्णय में धर्म के सिद्धांतों को कायम रखते हैं, जिससे ईमानदारी, उद्देश्य और नैतिक उत्कृष्टता का जीवन बनता है। शिव की नैतिक संहिता के माध्यम से हम नैतिक ज्ञान के प्रकाश द्वारा निर्देशित होकर पुण्य-पथ पर चलते हैं।

□

14

भीतर से उपचार

जीवन की यात्रा में चुनौतियाँ और घाव अपरिहार्य हैं। भगवान् शिव ब्रह्मांडीय उपचारक, भीतर से उपचार की प्रक्रिया और पुनर्स्थापन की परिवर्तनकारी शक्ति तक पहुँचने की गहन अंतर्दृष्टि प्रदान करते हैं।

विष को अमृत में बदलना

शिव का विशेषण 'नीलकंठ' विष को अमृत में बदलने की उनकी क्षमता का प्रतीक है। शिव की शिक्षाएँ हमें प्रतिकूलता को विकास और ज्ञान में बदलने के लिए मार्गदर्शन करती हैं। परिवर्तन के उत्प्रेरक के रूप में चुनौतियों को स्वीकार करके हम लचीलेपन और अनुग्रह के साथ जीवन की कठिनाइयों का सामना करते हैं। शिव का मार्ग हमें जीवन के विष को व्यक्तिगत विकास के अमृत में बदलने की शक्ति देता है।

जीवन में नवीनीकरण

शिव की शिक्षाएँ हमें यह समझने में हमारा मार्गदर्शन करती हैं कि उपचार में प्रायः पुराने पैटर्न को छोड़ना और नए विकास के लिए जगह बनाना शामिल होता है। विनाश एवं सृजन के चक्रों को अपनाकर हम अपने जीवन में नवीनीकरण और कायाकल्प के प्रवाह के लिए स्वयं को खोलते हैं।

उपचार के लिए अंतर्दृष्टि

शिव की शिक्षाएँ हमें अपने घावों के मूल कारणों को समझने के लिए अंदर की ओर मुड़ने के लिए हमारा मार्गदर्शन करती हैं। अपनी भावनाओं और अनुभवों में गहराई से उतरकर हम अपनी पीड़ा के स्रोतों पर स्पष्टता प्राप्त करते हैं और उपचार एवं मुक्ति की दिशा में काम कर सकते हैं। शिव का मार्ग हमें आत्म-जागरूकता के माध्यम से आंतरिक बहाली की कुंजी खोजने की शक्ति देता है।

उपचार-यात्रा पर सहायता

शिव की शिक्षाएँ हमें ऐसे साथी ढूँढ़ने के लिए मार्गदर्शन देती हैं, जो हमारी भलाई का पोषण करते हैं और हमारे विकास को प्रोत्साहित करते हैं। अपने आप को उन लोगों के साथ घेरकर, जो हमारा उत्थान करते हैं, हम एक ऐसा वातावरण बनाते हैं, जो हमारी उपचार-यात्रा का समर्थन करता है और आंतरिक बहाली को बढ़ावा देता है।

शांति और उपचार

शिव की शिक्षाएँ हमें यह पहचानने में हमारा मार्गदर्शन करती हैं कि उपचार प्रायः शांत चिंतन के क्षणों में होता है। ध्यान के माध्यम से स्वयं को अपने अस्तित्व की गहराई से जुड़ने की अनुमति देकर हम पुनर्स्थापनात्मक ऊर्जा के स्रोत का लाभ उठाते हैं, जो भावनात्मक और शारीरिक कल्याण को बढ़ावा देता है।

ईश्वरीय आशीर्वाद के रूप में उपचार

शिव की कृपा उस उपचारात्मक ऊर्जा का प्रतीक है, जो दैवीय हस्तक्षेप से उत्पन्न होती है। शिव की शिक्षाएँ हमें उन परोपकारी शक्तियों पर भरोसा करने के लिए हमारा मार्गदर्शन करती हैं, जो हमारी यात्रा का मार्गदर्शन करती हैं। अनुग्रह के प्रति समर्पण और खुलेपन की भावना पैदा करके हम अपने

जीवन में उपचार को आमंत्रित करते हैं और मानते हैं कि बहाली प्रायः तब आती है, जब हम उच्च ऊर्जा के साथ जुड़ते हैं।

संपूर्णता का आलिंगन

शिव की शिक्षाएँ हमें स्वयं के सभी पहलुओं—प्रकाश और छाया—को अपनाकर उपचार करने के लिए हमारा मार्गदर्शन करती हैं। अपनी कमजोरियों और शक्तियों को स्वीकार करके हम आंतरिक पूर्णता की भावना को बढ़ावा देते हैं, जो हमारे समग्र कल्याण में योगदान देता है।

आंतरिक पुनर्स्थापना का मार्ग

अंदर से उपचार के बारे में शिव की अंतर्दृष्टि हमें लचीलेपन और परिवर्तन की भावना के साथ चुनौतियों का सामना करने के लिए हमारा मार्गदर्शन करती है। शिव का ज्ञान हमें अपनी आंतरिक शक्ति का उपयोग करने और हमारे भीतर मौजूद पुनर्स्थापनात्मक ऊर्जा का दोहन करने में सक्षम बनाता है। इन अंतर्दृष्टियों को अपने जीवन में शामिल करके हम आत्म-देखभाल, आत्म-करुणा और नवीकरण का मार्ग अपनाते हैं तथा एक ऐसे वातावरण को बढ़ावा देते हैं, जहाँ उपचार स्वाभाविक रूप से हो सकता है। शिव की पुनर्स्थापनात्मक ऊर्जा के माध्यम से हम परिवर्तन के प्रवाह में कदम रखते हैं और मजबूत, समझदार तथा अधिक संपूर्ण बनकर उभरते हैं।

□

15
आत्मा को सशक्त बनाना

जीवन की चुनौतियों और अनिश्चितताओं के बीच आत्मा की शक्ति प्रेरणा एवं परिवर्तन के स्रोत के रूप में चमकती रहती है। भगवान् शिव आंतरिक शक्ति के अवतार, आत्मा को सशक्त बनाने और एक उद्देश्यपूर्ण जीवन जीने के लिए इस शक्तिशाली ऊर्जा का उपयोग करने में गहन अंतर्दृष्टि प्रदान करते हैं।

आंतरिक चिनगारी को प्रज्वलित करना

शिव की शिक्षाएँ हमें अपनी आत्मा की अग्नि की आंतरिक चिनगारी को जाग्रत् करने के लिए मार्गदर्शन करती हैं। अपनी सच्ची इच्छाओं और जुनून से जुड़कर हम एक लौ प्रज्वलित करते हैं, जो हमारी यात्रा को उद्देश्य और जीवन-शक्ति से भर देती है। शिव का मार्ग हमें यह पहचानने की शक्ति देता है कि हमारी आंतरिक शक्ति ही हमारे कार्यों और आकांक्षाओं के पीछे प्रेरक शक्ति है।

उग्र संकल्प

शिव का रुद्र रूप उग्र संकल्प और अटूट संकल्प का प्रतीक है। चुनौतियों का सामना करते समय शिव की शिक्षाएँ हमें इस ऊर्जा का उपयोग करने के लिए हमारा मार्गदर्शन करती हैं। अटूट दृढ़ संकल्प की मानसिकता

अपनाकर हम शक्ति एवं दृढ़ता के साथ बाधाओं और असफलताओं पर नियंत्रण पाते हैं। शिव का मार्ग हमें विपरीत परिस्थितियों पर नियंत्रण पाने और अपने लक्ष्यों को प्राप्त करने के लिए अपनी आंतरिक शक्ति को प्रसारित करने की शक्ति देता है।

तीव्रता को संतुलित करना

शिव की शिक्षाएँ हमें अपने जुनून और दृढ़ संकल्प को संतुलित तरीके से चलाने के लिए मार्गदर्शन करती हैं। चरम सीमाओं से बचकर और संतुलन स्थापित करके हम यह सुनिश्चित करते हैं कि हमारी आंतरिक शक्ति हमें भस्म किए बिना उज्ज्वल रूप से जलती रहे। शिव का मार्ग हमें निरंतर सशक्तीकरण के लिए अपनी ऊर्जा का प्रबंधन करने की शक्ति देता है।

ज्वाला का पोषण

शिव की शिक्षाएँ हमें ऐसे वातावरण और संबंध विकसित करने के लिए मार्गदर्शन करती हैं, जो हमारे विकास और आकांक्षाओं का समर्थन करते हैं। अपने आपको उन लोगों के साथ घेरकर, जो हमारी क्षमता में विश्वास करते हैं, हम अपनी आत्मा की अग्नि को प्रज्वलित करते हैं और अधिक ऊँचाइयों तक पहुँचते हैं।

दिव्य समर्थन और सशक्तीकरण

शिव की कृपा उस दिव्य समर्थन का प्रतिनिधित्व करती है, जो हमें अपनी पूरी क्षमता तक पहुँचने के लिए सशक्त बनाती है। शिव की शिक्षाएँ हमें उन परोपकारी शक्तियों पर भरोसा करने के लिए हमारा मार्गदर्शन करती है, जो हमारी यात्रा का मार्गदर्शन करती है। अपने आपको अनुग्रह के प्रवाह के लिए खोलकर हम सशक्तीकरण के स्रोत तक पहुँचते हैं, जो हमें आगे बढ़ाता है और चुनौतियों से उबरने में हमारी मदद करता है।

आंतरिक शक्ति का विकास

शिव की शिक्षाएँ हमें बाधाओं और असफलताओं पर नियंत्रण पाने के लिए आवश्यक लचीलापन विकसित करने में हमारा मार्गदर्शन करती हैं। चुनौतियों को विकास के अवसर के रूप में स्वीकार करके हम अपनी आंतरिक शक्ति को परिष्कृत करते हैं और अधिक मजबूत व सशक्त बनकर उभरते हैं।

आंतरिक शक्ति की चमक

आंतरिक शक्ति के माध्यम से आत्मा को सशक्त बनाने की शिव की अंतर्दृष्टि हमें उद्देश्य, जुनून और दृढ़ संकल्प के साथ जीने के लिए हमारा मार्गदर्शन करती है। आंतरिक शक्ति और बहुत कुछ समझ के माध्यम से हम सीखें कि हमारी आंतरिक शक्ति एक अग्नि है, जो हमारे मार्ग को प्रकाशित कर सकती है और हमें हमारे लक्ष्यों की ओर ले जा सकती है।

शिव का ज्ञान हमें अपनी आंतरिक शक्ति को सशक्तीकरण के स्रोत के रूप में इस्तेमाल करने की शक्ति देता है, जिससे हम एक ऐसे जीवन की ओर अग्रसर होते हैं, जो हमारी गहरी इच्छाओं और आकांक्षाओं के साथ प्रतिध्वनित होता है। इन अंतर्दृष्टियों को अपने जीवन में शामिल करके हम अपनी जन्मजात क्षमता को अपनाते हैं, अपनी आत्मा की शक्ति की चमक को प्रसारित करते हैं और दूसरों को अपनी आंतरिक लौ को प्रज्वलित करने के लिए प्रेरित करते हैं। शिव की आंतरिक शक्ति के माध्यम से हम अपने भीतर की असीम शक्ति को जाग्रत् करते हैं और उद्देश्य व दृढ़ संकल्प के साथ अपना मार्ग प्रकाशित करते हैं।

□

16

आत्म-खोज की यात्रा

जीवन की जटिलताओं के बीच आत्म-खोज की यात्रा हमारे वास्तविक स्वरूप, उद्देश्य और क्षमता को समझने की कुंजी रखती है। भगवान् शिव ब्रह्मांडीय दर्पण की इस परिवर्तनकारी यात्रा को शुरू करने और हमारे अस्तित्व की गहराई को उजागर करने में गहन अंतर्दृष्टि प्रदान करते हैं।

आंतरिक सत्य का दर्शन

शिव की शिक्षाएँ हमें अपने भीतर झाँकने और अपने विचारों, भावनाओं एवं विश्वासों पर विचार करने के लिए हमारा मार्गदर्शन करती हैं। अपने आंतरिक दर्पण में देखने से हमें अपनी शक्तियों, कमजोरियों और आकांक्षाओं पर स्पष्टता प्राप्त होती है। शिव का मार्ग हमें अपने आंतरिक सत्य को पहचानने और आत्म-खोज की यात्रा पर निकलने का अधिकार देता है।

द्वंद्वों को एकीकृत करना

शिव की शिक्षाएँ हमें अपने भीतर के द्वंद्वों—प्रकाश और छाया, शक्ति और निर्बलताओं का पता लगाने के लिए हमारा मार्गदर्शन करती हैं। इन पहलुओं को करुणा और समझ के साथ अपनाकर हम एक ऐसी यात्रा पर निकलते हैं, जो संपूर्णता और आत्म-स्वीकृति की ओर ले जाती हैं।

मौन में तल्लीन होना

शिव की शिक्षाएँ हमें अपने भीतर मौन के क्षेत्र में प्रवेश करने के लिए हमारा मार्गदर्शन करती हैं, जहाँ मन की वाचालता कम हो जाती है। शांति की गहराई में गोता लगाकर हम अंतर्दृष्टि और रहस्योद्घाटन तक पहुँचते हैं, जो आत्म-खोज की यात्रा पर हमारा मार्गदर्शन करती है। शिव का मार्ग हमें अपनी आत्मा की फुसफुसाहट सुनने की शक्ति देता है।

आत्म-प्रतिबिंब के दर्पण

शिव की शिक्षाएँ हमें यह पहचानने के लिए मार्गदर्शन करती हैं कि दूसरों के साथ हमारी बातचीत हमारे स्वयं के पहलुओं को दरशाती है। विभिन्न लोगों के प्रति अपनी प्रतिक्रियाओं को देखकर हम अपने आंतरिक परिदृश्य में अंतर्दृष्टि प्राप्त करते हैं और छिपे हुए पैटर्न को उजागर करते हैं।

आंतरिक अन्वेषण

शिव की शिक्षाएँ हमें ईमानदारी और अनुशासन के साथ आंतरिक यात्रा शुरू करने के लिए हमारा मार्गदर्शन करती हैं। अपने मन, भावनाओं और चेतना के परिदृश्यों की खोज करके हम समझ एवं ज्ञान की परतों का पता लगाते हैं, जो हमारी आत्म-खोज में योगदान करते हैं।

आत्म-साक्षात्कार के प्रति जागृति

शिव की कृपा आत्म-बोध की जागृति का प्रतिनिधित्व करती है—अहंकार की सीमाओं से परे हमारे वास्तविक स्वरूप की पहचान। शिव की शिक्षाएँ हमें यह समझने में हमारा मार्गदर्शन करती हैं कि आत्म-खोज इस अहसास में परिणत होती है कि हम परमात्मा से अलग नहीं हैं। अपने आपको अनुग्रह के लिए खोलकर हम इस सच्चाई से अवगत होते हैं कि हम मानवीय यात्रा पर आध्यात्मिक प्राणी हैं।

आत्म-खोज का विस्तार

शिव की शिक्षाएँ हमें अपनी पहचान को तरल और सदैव परिवर्तनशील के रूप में देखने के लिए मार्गदर्शन करती हैं। निश्चित पहचानों और लेबलों से जुड़ाव जारी करके हम स्वयं को आत्म-खोज के विस्तार के लिए खोलते हैं। शिव का मार्ग हमें अपने विकसित होते 'स्व' की लय के साथ नृत्य करने की शक्ति देता है।

भीतर का दर्पण

आत्म-खोज की यात्रा में शिव की अंतर्दृष्टि हमें साहस और जिज्ञासा के साथ अपने अस्तित्व की गहराई में उतरने के लिए मार्गदर्शन करती है। हम सीखते हैं कि आत्म-खोज एक गंतव्य नहीं है, बल्कि एक सतत प्रक्रिया है। शिव की शिक्षा हमें अपने भीतर के दर्पण में झाँकने, हमारे सार की परतों को उजागर करने और सभी चीजों के अंतर्संबंध को समझने की शक्ति देती है। इन अंतर्दृष्टियों को अपने जीवन में शामिल करके हम आत्म-खोज की एक परिवर्तनकारी यात्रा पर निकलते हैं, जो आत्म-स्वीकृति, प्रामाणिकता और हमारे आध्यात्मिक 'स्व' की प्राप्ति की ओर ले जाती है। शिव के दर्पण के माध्यम से हम अपने सच्चे 'स्व' का मार्ग प्रकाशित करते हैं और अपने अस्तित्व की अनंत गहराइयों को अपनाते हैं।

□

17

मंत्र की शक्ति

आंतरिक सद्भाव और आध्यात्मिक उत्थान की खोज में मंत्र का अभ्यास एक विशेष स्थान रखता है। भगवान् शिव ब्रह्मांडीय अनुनादक, उपचार, विकास और संपर्क के लिए मंत्र की परिवर्तनकारी शक्ति का उपयोग करने में गहन अंतर्दृष्टि प्रदान करते हैं।

सृजन की ध्वनि

नाद ब्रह्म के रूप में शिव का अवतार इस विश्वास का प्रतीक है कि ब्रह्मांड ध्वनि के माध्यम से बनाया गया है। शिव की शिक्षाएँ हमें वास्तविकता को आकार देने में ध्वनि कंपन की क्षमता को पहचानने में हमारा मार्गदर्शन करती हैं। यह समझकर कि ध्वनि सृजन की ऊर्जा को वहन करती है, हम खुद को उच्च आवृत्तियों के साथ संरेखित करने और सकारात्मक परिवर्तन प्रकट करने के लिए मंत्रों का उपयोग कर सकते हैं।

लयबद्ध अनुनाद

शिव की शिक्षाएँ हमें यह समझने में हमारा मार्गदर्शन करती हैं कि लय सृष्टि का एक मूलभूत पहलू है। इरादे और लय के साथ मंत्रों का जाप करके हम खुद को ब्रह्मांडीय नाद के साथ जोड़ते हैं और उस मौलिक ऊर्जा में प्रवेश करते हैं, जो पूरे अस्तित्व का आधार है।

आंतरिक ध्वनि

शिव की शिक्षाएँ हमें आंतरिक ध्वनि—अस्थिर ध्वनि या अनाहत नाद—को पहचानने में हमारा मार्गदर्शन करती हैं, जो हमारे भीतर गूँजती है। अंदर की ओर मुड़कर और अपने अस्तित्व के सूक्ष्म स्पंदनों को सुनकर हम आंतरिक शांति, स्पष्टता एवं जुड़ाव के दायरे तक पहुँच सकते हैं।

संबंधों में सामंजस्य

शिव की शिक्षाएँ हमें यह समझने में हमारा मार्गदर्शन करती हैं कि ध्वनि कंपन हमारे संबंधों और बातचीत को प्रभावित करते हैं। सामंजस्यपूर्ण कंपन पैदा करने के लिए मंत्रों का उपयोग करके हम अपने संबंधों की गुणवत्ता बढ़ा सकते हैं और गहरे संबंधों को बढ़ावा दे सकते हैं।

मंत्र ध्यान

शिव की शिक्षाएँ हमें मंत्रों को ध्यान के उपकरण के रूप में उपयोग करने के लिए हमारा मार्गदर्शन करती हैं। किसी चुने हुए मंत्र को दोहराकर हम अपनी जागरूकता को स्थापित करते हैं और गहन एकाग्रता की स्थिति में प्रवेश करते हैं। मंत्र ध्यान हमें मन को शांत करने, अपने सार से जुड़ने और आंतरिक शांति का अनुभव करने में मदद करता है।

ध्वनि के माध्यम से परिवर्तन

शिव की कृपा उस दिव्य ऊर्जा का प्रतिनिधित्व करती है, जो हमारे आध्यात्मिक विकास का समर्थन करती है। शिव की शिक्षाएँ हमें यह पहचानने में हमारा मार्गदर्शन करती हैं कि ध्वनि कंपन के माध्यम से कृपा का आह्वान किया जा सकता है। श्रद्धा और भक्ति के साथ मंत्रों का जाप करके हम अपने जीवन में अनुग्रह की परिवर्तनकारी शक्ति को आमंत्रित करते हैं, जो हमें विकास और आत्म-खोज की यात्रा में सहायता करती है।

सामंजस्यपूर्ण ऊर्जा

शिव की शिक्षाएँ हमें अपनी ऊर्जा को ब्रह्मांड की लय के साथ सामंजस्य बिठाने के लिए मंत्रों का प्रयोग करने के लिए हमारा मार्गदर्शन करती हैं। मंत्र-जाप के माध्यम से स्वयं को ब्रह्मांडीय नृत्य के साथ जोड़कर हम जीवन के प्रवाह के साथ अभ्यस्त हो जाते हैं तथा एकता और संतुलन की भावना का अनुभव करते हैं।

शिव की बुद्धि के अनुरूप

मंत्र की शक्ति में शिव की अंतर्दृष्टि हमें परिवर्तन और संपर्क के लिए ध्वनि को एक उपकरण के रूप में अपनाने के लिए मार्गदर्शन करती है। हम सीखते हैं कि मंत्र शब्दों से कहीं अधिक हैं—वे हमारी चेतना को ऊपर उठाने और हमारे जीवन को समृद्ध बनाने की क्षमता रखते हैं।

शिव का ज्ञान हमें मंत्र को अपनी दैनिक प्रथाओं में एकीकृत करने तथा उपचार, विकास और आध्यात्मिक विकास के लिए इसकी कंपन ऊर्जा का उपयोग करने का अधिकार देता है। इन अंतर्दृष्टियों को अपने जीवन में शामिल करके हम शिव की शिक्षाओं के कालातीत ज्ञान का लाभ उठाते हैं, जो कंपन ऊर्जा से गूँजती हैं, जो हमें ब्रह्मांड और भीतर की अनंत क्षमता से जोड़ती हैं। शिव की कंपन ऊर्जा के माध्यम से हम अपने अस्तित्व में सामंजस्य स्थापित करते हैं और गहन आंतरिक परिवर्तन की ओर यात्रा करते हैं।

□

18

सचेत भोजन

आधुनिक दुनिया में जहाँ भोजन के विकल्प प्रचुर मात्रा में हैं, सचेत भोजन का अभ्यास इष्टतम स्वास्थ्य, जीवन-शक्ति और आध्यात्मिक कल्याण का प्रवेश द्वार बन जाता है। ब्रह्मांड के पोषक भगवान् शिव सचेत भोजन के महत्त्व और शरीर व मन के भीतर सद्भाव बनाए रखने में इसकी भूमिका के बारे में गहन अंतर्दृष्टि प्रदान करते हैं।

अन्नमय पुरुष के रूप में शिव

अन्नमय पुरुष के रूप में शिव का अवतार इस विश्वास का प्रतीक है कि संपूर्ण ब्रह्मांड भोजन से बना है। शिव की शिक्षाएँ हमें यह समझने के लिए हमारा मार्गदर्शन करती हैं कि हम जो भोजन खाते हैं, उसका सीधा प्रभाव हमारे शारीरिक, मानसिक और आध्यात्मिक कल्याण पर पड़ता है। यह पहचानकर कि भोजन केवल जीविका नहीं है, बल्कि ऊर्जा का स्रोत है, हम सचेत विकल्प चुन सकते हैं, जो हमारे समग्र स्वास्थ्य का समर्थन करते हैं।

संयम और संतुलन

शिव की शिक्षाएँ हमें अपने आहार विकल्पों को ब्रह्मांडीय नृत्य के हिस्से के रूप में देखने के लिए मार्गदर्शन करती हैं। अपने खान-पान की आदतों में संयम व संतुलन अपनाकर हम यह सुनिश्चित करते हैं कि हम न तो खुद को

शामिल करें और न ही खुद को वंचित रखें। शिव का मार्ग हमें भीतर और बाहर सामंजस्य बनाए रखने की शक्ति देता है।

पोषण संबंधी आवश्यकताओं को समझना

शिव की शिक्षाएँ हमें अपनी पोषण संबंधी आवश्यकताओं को समझने की क्षमता विकसित करने के लिए मार्गदर्शन करती हैं। अपने शरीर के संकेतों को सुनकर और उसकी विशिष्ट आवश्यकताओं को समझकर हम ऐसे खाद्य पदार्थों का चयन कर सकते हैं, जो हमें शारीरिक, मानसिक और ऊर्जावान् स्तर पर पोषण देते हैं। शिव का मार्ग हमें सहज और मन लगाकर खाने की शक्ति देता है।

मन व शरीर का संबंध

शिव की शिक्षाएँ हमें यह पहचानने में हमारा मार्गदर्शन करती हैं कि हमारे विचार व भावनाएँ पाचन और आत्मसात् को प्रभावित करते हैं। भोजन करते समय मन की सकारात्मक एवं शांतिपूर्ण स्थिति विकसित करके हम पोषक तत्त्वों को अवशोषित करने और संतुलन बनाए रखने की शरीर की क्षमता को बढ़ाते हैं।

उपवास

शिव की शिक्षाएँ हमें समय-समय पर हमारे पाचन-तंत्र को आराम देने, इसे शुद्ध और पुनर्जीवित करने की अनुमति देने के लिए हमारा मार्गदर्शन करती हैं। उपवास को अपनी दिनचर्या में शामिल करके हम शरीर के प्राकृतिक उपचार-तंत्र का समर्थन करते हैं और समग्र कल्याण को बढ़ावा देते हैं।

कृतज्ञता और आशीर्वाद

शिव की कृपा उस दिव्य ऊर्जा का प्रतीक है, जो हमारे पोषण को प्रभावित करती है। शिव की शिक्षाएँ हमें भोजन को कृतज्ञता और सचेतनता के साथ अपनाने के लिए मार्गदर्शन करती हैं। हमारे भोजन के उत्पादन में

शामिल लोगों के प्रयासों को स्वीकार करके और खाने से पहले आशीर्वाद या प्रार्थना करके हम अपने पोषण को सकारात्मक ऊर्जा से भर देते हैं, जिससे इसके लाभ बढ़ जाते हैं।

ध्यानपूर्वक भोजन करना

शिव की ध्यानावस्था उपस्थिति और जागरूकता की शक्ति का उदाहरण देती है। शिव की शिक्षाएँ हमें प्रत्येक टुकड़े का स्वाद चखकर और स्वाद, बनावट तथा संवेदनाओं पर ध्यान देकर सावधानीपूर्वक खाने का अभ्यास करने के लिए मार्गदर्शन करती हैं। धीरे-धीरे एवं मन लगाकर खाने से हम अपने भोजन के साथ अपना संबंध बढ़ाते हैं और खाने का अधिक सचेत व आनंददायक अनुभव बनाते हैं।

शरीर और आत्मा का पोषण

सचेत भोजन के बारे में शिव की अंतर्दृष्टि हमें भोजन को शरीर और आत्मा के पोषण के एक पवित्र स्रोत के रूप में देखने के लिए हमारा मार्गदर्शन करती हैं। अन्नमय पुरुष के अवतार की समझ के माध्यम से हम सीखते हैं कि सचेत भोजन इष्टतम स्वास्थ्य, जीवन-शक्ति और आध्यात्मिक संरेखण का मार्ग हैं।

शिव का ज्ञान हमें खाने को एक सचेत अभ्यास के रूप में अपनाने की शक्ति देता है, जो हमारे शरीर, मन और आत्मा का सम्मान करता है। इन अंतर्दृष्टियों को अपने जीवन में शामिल करके हम ऐसे विकल्प चुनते हैं, जो हमें कई स्तरों पर पोषण देते हैं तथा कल्याण, संतुलन और जुड़ाव की भावना को बढ़ावा देते हैं। शिव के पोषण ज्ञान के माध्यम से हम सचेत भोजन की यात्रा पर निकलते हैं, जो हमारे संपूर्ण अस्तित्व में सामंजस्य स्थापित करता है और हमारे समग्र स्वास्थ्य का समर्थन करता है।

□

19

इच्छाओं पर नियंत्रण

एक संतुलित और पूर्ण जीवन की खोज में इच्छाओं पर नियंत्रण पाने की चुनौती एक सार्वभौमिक चुनौती है। वैराग्य के प्रतीक भगवान् शिव आंतरिक संतुलन बनाए रखते हुए इच्छाओं पर नियंत्रण पाने की कला में गहन अंतर्दृष्टि प्रदान करते हैं।

आशुतोष शिव

शिव का विशेषण 'आशुतोष' सरल प्रसाद में संतुष्टि खोजने की उनकी क्षमता का प्रतीक है। शिव की शिक्षाएँ हमें यह समझने के लिए मार्गदर्शन करती हैं कि सच्ची संतुष्टि बाहरी संपत्ति के संचय से नहीं, बल्कि आंतरिक संतुष्टि के दृष्टिकोण से आती है। अपनी इच्छाओं को वास्तविक जरूरतों के साथ जोड़कर और वर्तमान क्षण में खुशी पाकर हम संतुष्टि की भावना पैदा करते हैं, जो भौतिक लालसाओं से परे है।

त्याग के सिद्धांत

शिव की शिक्षाएँ हमें त्याग के सिद्धांत को अपनाने के लिए हमारा मार्गदर्शन करती हैं—सबकुछ त्यागने के अर्थ में नहीं, बल्कि क्षणिक इच्छाओं के प्रति लगाव को मुक्त करने के अर्थ में। भौतिक सुखों की नश्वरता को समझकर हम स्वयं को अतृप्त लालसाओं की पकड़ से मुक्त करते हैं और

वैराग्य में मुक्ति पाते हैं।

सच्ची इच्छाओं को पहचानना

शिव की शिक्षाएँ हमें क्षणभंगुर इच्छाओं और गहरी व आत्मिक आकांक्षाओं के बीच अंतर करने में मार्गदर्शन करती हैं। आत्म-जागरूकता पैदा करके और अपनी इच्छाओं के पीछे की प्रेरणाओं को समझकर हम सचेत विकल्प चुन सकते हैं, जो हमारे मूल्यों के अनुरूप हों और हमारे विकास व कल्याण में योगदान दें।

आध्यात्मिक संतुलन

शिव की शिक्षाएँ हमें यह समझने में हमारा मार्गदर्शन करती हैं कि इच्छाएँ स्वाभाविक रूप से नकारात्मक नहीं हैं; जब वे असंतुलन और पीड़ा का कारण बनती हैं तो वे समस्याग्रस्त हो जाती हैं। आध्यात्मिक प्रथाओं और आंतरिक साधना के साथ अपनी भौतिक इच्छाओं को संतुलित करके हम एक मध्य मार्ग ढूँढ़ते हैं, जो संतुष्टि और समग्र विकास की ओर ले जाता है।

दिव्य आशीर्वाद के रूप में वैराग्य

शिव की कृपा उस दिव्य समर्थन का प्रतिनिधित्व करती है, जो हमें इच्छाओं से परे जाने में सहायता करती है। शिव की शिक्षाएँ हमें यह पहचानने के लिए मार्गदर्शन करती हैं कि वैराग्य केवल व्यक्तिगत प्रयास से ही नहीं, बल्कि दैवीय हस्तक्षेप से भी प्राप्त किया जा सकता है। अपनी आसक्तियों और इच्छाओं को उच्च शक्ति के प्रति समर्पित करके हम अपने जीवन में वैराग्य की कृपा को आमंत्रित करते हैं, जिससे प्रक्रिया सहज तथा अधिक परिवर्तनकारी हो जाती है।

इच्छाओं पर नियंत्रण

शिव की शिक्षाएँ हमें आत्म-नियंत्रण और संयम विकसित करने के लिए हमारा मार्गदर्शन करती हैं। इच्छाओं पर आवेगपूर्वक कार्य किए बिना

उनका निरीक्षण करना सीखकर हम अपनी इच्छाओं पर नियंत्रण हासिल कर लेते हैं और सचेत विकल्प चुनते हैं, जो हमारे दीर्घकालिक कल्याण के अनुरूप होते हैं।

आंतरिक मौन के माध्यम से वैराग्य

शिव की शिक्षाएँ हमें ध्यान और आत्म-निरीक्षण के माध्यम से वैराग्य खोजने के लिए मार्गदर्शन करती हैं। भीतर की शांति से जुड़कर हम इच्छाओं और विचारों की निरंतर वाचालता से अलग हो जाते हैं। आंतरिक शांति के इस स्थान में हम बाहरी लालसाओं के निर्देशों से मुक्ति की भावना का अनुभव करते हैं।

स्वयं को इच्छाओं से मुक्त करना

इच्छाओं पर नियंत्रण पाने में शिव की अंतर्दृष्टि हमें लालसाओं और आसक्तियों के साथ अपने रिश्ते को बदलने में हमारा मार्गदर्शन करती हैं। आशुतोष की संतुष्टि की समझ के माध्यम से हम सीखते हैं कि वैराग्य इच्छाओं को दबाने के बारे में नहीं है, बल्कि हमारे ऊपर उनके नियंत्रण को पार करने के बारे में है।

शिव का ज्ञान हमें वैराग्य की भावना के साथ जीने की शक्ति देता है, जो हमें इच्छाओं और आसक्तियों के द्वंद्व से मुक्त करता है। इन अंतर्दृष्टियों को अपने जीवन में शामिल करके हम सचेत जागरूकता के साथ इच्छाओं को पूरा करते हैं, भीतर से संतुष्टि पैदा करते हैं और वैराग्य में सच्ची मुक्ति पाते हैं। शिव की वैराग्य-शिक्षाओं के माध्यम से हम आंतरिक स्वतंत्रता की यात्रा पर निकलते हैं और इच्छाओं से बँधे बिना जीने के आनंद की खोज करते हैं।

□

20

ब्रह्मांड के संरक्षक शिव

अस्तित्व के जटिल जाल में भगवान् शिव ब्रह्मांड के संरक्षक और पालनकर्ता के रूप में एक लौकिक भूमिका निभाते हैं। उनकी बहुमुखी प्रकृति उन सिद्धांतों का प्रतीक है, जो हमें जीवन की जटिलताओं से निपटने और ज्ञान एवं उद्देश्य के साथ हमारी यात्रा का प्रबंधन करने में हमारा मार्गदर्शन करते हैं।

महादेव शिव

महादेव के रूप में शिव की उपाधि ब्रह्मांड की देख-रेख करने वाले महान् देवता के रूप में उनकी स्थिति को दरशाती है। शिव की शिक्षाएँ हमें अस्तित्व की विशालता और उसके भीतर अपने स्थान को पहचानने में हमारा मार्गदर्शन करती हैं। सभी प्राणियों के अंतर्संबंध को समझकर और सृष्टि के हर पहलू में मौजूद दिव्य सार को पहचानकर हम एक समग्र दृष्टिकोण अपनाते हैं, जो हमारे कार्यों और परस्पर क्रिया को आकार देता है।

संतुलन और आंतरिक शांति

शिव की शिक्षाएँ हमें सभी चीजों की नश्वरता और विकास के लिए परिवर्तन की आवश्यकता को समझने में मार्गदर्शन करती हैं। जीवन के नृत्य

को समता के साथ अपनाकर हम संतुलन और आंतरिक शांति की भावना बनाए रखते हुए बदलावों, चुनौतियों तथा जीत का सामना करते हैं।

अंतर्दृष्टि और न्याय

शिव की शिक्षाएँ हमें सभी स्थितियों में सत्य की तलाश करने और न्याय को बनाए रखने के लिए हमारा मार्गदर्शन करती हैं। विवेक और बुद्धिमत्ता का विकास करके हम ऐसे निर्णय लेते हैं, जो व्यापक भलाई के अनुरूप होते हैं और ब्रह्मांड के सामंजस्य में योगदान करते हैं। शिव का मार्ग हमें निष्पक्षता और अखंडता का संरक्षक बनने की शक्ति देता है।

संतुलन और सद्भाव

शिव की शिक्षाएँ हमें अपने भीतर और दूसरों के साथ बातचीत में दोनों पहलुओं का सम्मान करने तथा एकीकृत करने के लिए हमारा मार्गदर्शन करती हैं। विविधता को अपनाकर तथा सद्भाव को बढ़ावा देकर हम ब्रह्मांड के संतुलन में योगदान करते हैं और एकता व प्रेम के स्थान बनाते हैं।

तपस्या और परिवर्तन

शिव की शिक्षाएँ हमें यह पहचानने के लिए मार्गदर्शन करती हैं कि व्यक्तिगत विकास और आध्यात्मिक विकास के लिए प्रयास व बलिदान की आवश्यकता होती है। लचीलेपन और दृढ़ संकल्प के साथ चुनौतियों और कठिनाइयों को स्वीकार करके हम परिवर्तन के संरक्षक के रूप में शिव की लौकिक भूमिका के साथ जुड़ते हैं।

दिव्य मार्गदर्शन

शिव की शिक्षाएँ हमें उन परोपकारी शक्तियों पर भरोसा करने के लिए मार्गदर्शन करती हैं, जो हमारे जीवन को आकार देती हैं। अनुग्रह के प्रवाह के प्रति समर्पण करके और उच्च ज्ञान के साथ जुड़कर हम विश्वास के साथ

चुनौतियों का सामना करते हैं तथा इस समझ में सांत्वना पाते हैं कि हम ब्रह्मांडीय ऊर्जाओं द्वारा नियंत्रित व निर्देशित हैं।

परमात्मा से संबंध

शिव की शिक्षाएँ हमें हमारे दिलों में बसने वाले पवित्र सार के साथ संबंध बनाने के लिए मार्गदर्शन करती हैं। ध्यान के क्षेत्र में प्रवेश करके हम सार्वभौमिक ज्ञान के स्रोत में प्रवेश करते हैं और दिव्य अंतर्दृष्टि के संरक्षक के रूप में शिव की लौकिक भूमिका के साथ अपनी चेतना को संरेखित करते हैं।

ब्रह्मांडीय ज्ञान को अपनाना

ब्रह्मांड के संरक्षक के रूप में शिव की लौकिक भूमिका हमें अस्तित्व की विशाल बुनावट के साथ सद्भाव में रहने का एक खाका प्रदान करती हैं। महादेव की महिमा की समझ के माध्यम से हम सीखते हैं कि हम अलग-अलग व्यक्ति नहीं हैं, बल्कि एक ब्रह्मांडीय नृत्य में परस्पर जुड़े हुए प्राणी हैं।

शिव का ज्ञान हमें अपने जीवन को उन लौकिक सिद्धांतों के साथ संरेखित करने की शक्ति देता है, जिनका वे प्रतीक हैं। इन अंतर्दृष्टियों को अपने जीवन में शामिल करके हम ब्रह्मांड के विकास में सचेत भागीदार बन जाते हैं तथा सद्भाव, न्याय और परिवर्तन के संरक्षक के रूप में अपनी भूमिका निभाते हैं। शिव की ब्रह्मांडीय भूमिका के माध्यम से हम अस्तित्व की विशालता में अपना स्थान खोजते हैं और ब्रह्मांड के चल रहे विकास में योगदान करते हैं।

□

21

शक्ति और शिव का मिलन

शक्ति—दिव्य स्त्री ऊर्जा और शिव—दिव्य पुरुषत्व ऊर्जा का मिलन विरोधों के सामंजस्य एवं सृजन को बनाए रखने वाली गतिशील परस्पर क्रिया का प्रतीक है। यह पवित्र साझेदारी हमारे भीतर और हमारे जीवन में संतुलन एवं पूर्णता प्राप्त करने के लिए गहन अंतर्दृष्टि प्रदान करती है।

शिव और शक्ति : द्वंद्व का नृत्य

शिव चेतना और शांति का प्रतिनिधित्व करते हैं, जबकि शक्ति गति और ऊर्जा का प्रतीक हैं। उनका मिलन द्वैत के नृत्य का प्रतीक है, जो अस्तित्व का आधार हैं। शिव की शिक्षाएँ हमें अपने भीतर दोनों पहलुओं को अपनाने के लिए हमारा मार्गदर्शन करती हैं—ग्रहणशील और सक्रिय। यह पहचानकर कि संतुलन का अर्थ मतभेदों को मिटाना नहीं है, बल्कि उनमें सामंजस्य बिठाना है, हम जीवन की जटिलताओं को अनुग्रह के साथ पार करते हैं।

विरोधों का सामंजस्य

शिव की शिक्षाएँ हमें यह समझने में मार्गदर्शन करती हैं कि विपरीत चीजें संघर्ष में नहीं हैं, बल्कि एक ही वास्तविकता के परस्पर जुड़े हुए पहलू हैं। चुनौतियों को विकास एवं परिवर्तन के अवसर के रूप में देखकर

हम ब्रह्मांडीय नृत्य के साथ जुड़ते हैं और जीवन के उतार-चढ़ाव के भीतर संतुलन पाते हैं।

ध्रुवों का एकीकरण

शिव की शिक्षाएँ हमें अपने आंतरिक ध्रुवों—प्रकाश और छाया, पुरुषत्व और स्त्रीत्व—को एकीकृत करने के लिए हमारा मार्गदर्शन करती हैं। स्वयं के सभी पहलुओं को स्वीकार करने और अपनाकर हम आंतरिक पूर्णता की भावना पैदा करते हैं, जो हमें जीवन के उतार-चढ़ाव को केंद्र की जगह से संचरित करने की अनुमति देती है।

ऊर्जाओं को संतुलित करना

शिव की शिक्षाएँ हमें यह पहचानने के लिए हमारा मार्गदर्शन करती हैं कि पुरुषत्व और स्त्रीत्व—दोनों ऊर्जाएँ हम में से प्रत्येक के भीतर मौजूद हैं। अपने मुखर और ग्रहणशील गुणों को संतुलित करके हम अपने वास्तविक स्वरूप के प्रति अधिक अभ्यस्त हो जाते हैं और ऐसे रिश्ते बनाते हैं, जो आपसी सम्मान व सद्भाव की विशेषता रखते हैं।

सृष्टि का प्रवाह

शिव की शिक्षाएँ हमें जीवन की लय के प्रवाह के प्रति समर्पण करने के लिए मार्गदर्शन करती हैं। सृजन की प्रकट प्रक्रिया द्वारा खुद को निर्देशित करने की अनुमति देकर हम कठोर नियंत्रण की आवश्यकता को छोड़ देते हैं और जाने देने की सुंदरता तथा खेल में उच्च बुद्धिमत्ता पर भरोसा करते हैं।

चुनौतियाँ और संघर्ष

शिव की शिक्षाएँ हमें यह समझने में मार्गदर्शन करती हैं कि चुनौतियाँ और संघर्ष गहन विकास एवं परिवर्तन का कारण बन सकते हैं। साहस और खुलेपन के साथ अपने आंतरिक एवं बाहरी संघर्षों का सामना करके हम व्यक्तिगत व सामूहिक परिवर्तन के उत्प्रेरक बन जाते हैं।

गति के भीतर शांति

शिव की ध्यान की स्थिति उस शांति का उदाहरण है, जो गति के भीतर मौजूद है। शिव की शिक्षाएँ हमें जीवन की व्यस्तता के बीच शांति खोजने में हमारा मार्गदर्शन करती हैं। आंतरिक शांति और उपस्थिति के क्षणों को विकसित करके हम बाहरी परिस्थितियों से बह जाने से बचते हुए शांति और संतुलन की भावना के साथ जीवन के गतिशील पहलुओं को आगे बढ़ाते हैं।

ईश्वरीय संतुलन को अपनाना

शिव और शक्ति का मिलन हमें सिखाता है कि संतुलन विरोधाभासों को मिटाने के बारे में नहीं है, बल्कि एक समग्र और गतिशील अस्तित्व बनाने के लिए उनमें सामंजस्य स्थापित करने के बारे में है। शिव और शक्ति में द्वंद्व के नृत्य की समझ के माध्यम से हम सीखते हैं कि संतुलन स्थिर नहीं है, बल्कि एक निरंतर विकसित होने वाला नृत्य है।

शिव का ज्ञान हमें दिव्य संतुलन का जीवन बनाने के लिए शक्ति की गतिशील ऊर्जा और शिव की शांति को एकीकृत करने की शक्ति देता है। इन अंतर्दृष्टियों को अपने जीवन में शामिल करके हम अपनी संपूर्णता को अपनाते हैं, चुनौतियों का सामना शालीनता से करते हैं और अपने भीतर तथा अपने रिश्तों में सद्भाव को बढ़ावा देते हैं। शक्ति और शिव के मिलन के माध्यम से हम दिव्य संतुलन के नृत्य को मूर्त रूप देते हैं और एकीकृत अस्तित्व के मार्ग पर चलते हैं।

□

22

अनुष्ठान और दिनचर्या

अनुष्ठान और दिनचर्या हमारे जीवन को आकार देने तथा हमें अस्तित्व के आध्यात्मिक आयामों से जोड़ने में महत्त्वपूर्ण भूमिका निभाते हैं। भगवान् शिव ब्रह्मांडीय व्यवस्था के अवतार, अनुशासन, ध्यान और परमात्मा के साथ गहरे संबंध को बढ़ावा देने में अनुष्ठानों और दिनचर्या के उद्देश्य तथा शक्ति में गहन अंतर्दृष्टि प्रदान करते हैं।

प्राकृतिक लय

शिव की शिक्षाएँ हमें यह पहचानने के लिए हमारा मार्गदर्शन करती हैं कि अनुष्ठान और दिनचर्या एक संरचित ढाँचा प्रदान करते हैं, जो हमें जीवन की प्राकृतिक लय के साथ संरेखित करता है। दैनिक अनुष्ठानों और दिनचर्या का पालन करके हम प्रवाह एवं संतुलन की भावना को बढ़ावा देते हुए ब्रह्मांडीय नृत्य के साथ अपने अस्तित्व का सामंजस्य स्थापित करते हैं।

दैनिक जीवन का संतुलन

शिव की शिक्षाएँ हमें अनुष्ठानों और दिनचर्या के माध्यम से आध्यात्मिकता को अपने दैनिक जीवन में एकीकृत करने के लिए हमारा मार्गदर्शन करती हैं। रोजमर्रा के कार्यों को इरादे और बौद्धिकता से जोड़कर

हम भौतिक एवं आध्यात्मिक क्षेत्रों के बीच की खाई को पाटते हैं तथा एक संतुलित व उद्देश्यपूर्ण अस्तित्व का निर्माण करते हैं।

अनुशासन और आत्म-निपुणता

तपस्या आध्यात्मिक विकास के लिए आवश्यक अनुशासन का उदाहरण है। शिव की शिक्षाएँ हमें यह समझने के लिए हमारा मार्गदर्शन करती हैं कि अनुष्ठान और दिनचर्या आत्म-अनुशासन एवं आत्म-निपुणता के लिए एक सेतु प्रदान करते हैं। लगातार अभ्यास करने के लिए प्रतिबद्ध होकर हम आंतरिक शक्ति एवं लचीलापन विकसित करते हैं, जिससे हम अनुग्रह और ज्ञान के साथ चुनौतियों का सामना करने में सक्षम होते हैं।

ध्यान और जागरूकता

शिव की शिक्षाएँ हमें यह पहचानने में मार्गदर्शन करती हैं कि अनुष्ठान और दिनचर्या—केंद्रित जागरूकता पैदा करते हैं। अनुष्ठानों में सचेत रूप से संलग्न होकर हम अपनी ऊर्जा और ध्यान को वर्तमान क्षण की ओर लगाते हैं, मन को शांत करते हैं और परमात्मा तथा स्वयं के साथ एक गहरे संबंध का अनुभव करते हैं।

पवित्रता को खोलना

शिव की शिक्षाएँ हमें अनुष्ठानों को विनम्रता और ग्रहणशीलता के साथ करने के लिए हमारा मार्गदर्शन करती हैं, जिससे हम पवित्रता की परिवर्तनकारी शक्ति के प्रति खुल जाते हैं और अपनी प्रथाओं में अनुग्रह को आमंत्रित करके हम उपचार, विकास तथा परमात्मा से जुड़ाव के लिए स्थान बनाते हैं।

आंतरिक 'स्व'

शिव की शिक्षाएँ हमें ध्यान के क्षणों को अपनी दिनचर्या में शामिल करने के लिए मार्गदर्शन करती हैं। चिंतन और मौन के लिए समय निकालकर

हम अपने आंतरिक 'स्व' और हमारे भीतर मौजूद ज्ञान के अनंत स्रोत के साथ एक गहरा संबंध विकसित करते हैं।

दिव्य सद्भाव

शिव की शिक्षाएँ हमें अनुष्ठानों एवं दिनचर्या को ब्रह्मांडीय नृत्य के साथ तालमेल बिठाने और ब्रह्मांड के अधिक-से-अधिक सामंजस्य में योगदान करने के तरीके के रूप में देखने के लिए हमारा मार्गदर्शन करती हैं। अपनी प्रथाओं को इरादे और भक्ति से जोड़कर हम सृजन के नृत्य में सक्रिय भागीदार बन जाते हैं।

पवित्र आदेश को अपनाना

अनुष्ठानों और दिनचर्या में शिव की अंतर्दृष्टि हमें अपने जीवन में पवित्र व्यवस्था और उद्‌देश्य की भावना भरने के लिए हमारा मार्गदर्शन करती है। शिव के ब्रह्मांडीय क्रम में हम सीखते हैं कि अनुष्ठान और दिनचर्या सांसारिक कार्य नहीं हैं, बल्कि आध्यात्मिक उन्नति के प्रवेश द्वार हैं।

शिव का ज्ञान हमें अनुष्ठान और दिनचर्या बनाने का अधिकार देता है, जो हमारे जीवन को समृद्ध बनाता है और परमात्मा के साथ हमारे संबंध को गहरा करता है। इन अंतर्दृष्टियों को अपने दैनिक अस्तित्व में शामिल करके हम उद्‌देश्य, अनुशासन एवं सचेत उपस्थिति का जीवन अपनाते हैं। शिव के पवित्र आदेश के अनुष्ठानों और दिनचर्या के माध्यम से हम सांसारिक में अर्थ ढूँढ़ते हैं तथा अपने जीवन को अस्तित्व के पवित्र नृत्य के साथ जोड़ते हैं।

□

23

भक्ति का मार्ग

भक्ति एक शक्तिशाली और परिवर्तनकारी मार्ग है, जो व्यक्तियों को ईश्वर के साथ गहराई से जुड़ने की ओर ले जाता है। करुणा एवं प्रेम के अवतार भगवान् शिव भक्ति के मार्ग और आध्यात्मिक जागृति तथा आंतरिक संतुष्टि लाने की इसकी क्षमता के बारे में गहन अंतर्दृष्टि प्रदान करते हैं।

भक्त-वत्सल के रूप में शिव

भक्त-वत्सल के रूप में शिव की उपाधि उनके भक्तों के प्रति उनके असीम प्रेम और करुणा को दरशाती है। शिव की शिक्षाएँ हमें यह समझने के लिए मार्गदर्शन करती हैं कि भक्ति कोई एकतरफा मामला नहीं है; यह परमात्मा और भक्त के बीच एक पारस्परिक संबंध है। परमात्मा हम पर जो प्रेम बरसाता है, उसे पहचानकर हम बदले में अपना प्रेम और भक्ति जगाते हैं।

हार्दिक भावना

शिव की शिक्षाएँ हमें यह समझने के लिए हमारा मार्गदर्शन करती हैं कि भक्ति केवल एक बौद्धिक खोज नहीं है, बल्कि हृदय की एक भावुक संलग्नता है। खुद को गहराई से महसूस करने और परमात्मा के प्रति अपने प्रेम को व्यक्त करने की अनुमति देकर हम भक्ति के नृत्य में प्रवेश करते हैं, अपने जीवन को आनंद और उद्देश्य से भर देते हैं।

रिश्तों में भक्ति

शिव की शिक्षाएँ हमें रिश्तों को भक्ति की भावना से अपनाने के लिए मार्गदर्शन करती हैं। निस्स्वार्थता एवं करुणा के साथ दूसरों से प्रेम और सेवा करके हम उस दिव्य प्रेम को प्रतिबिंबित करते हैं, जिसका प्रतीक शिव हैं, जो वास्तविक संबंध और समर्थन के बंधन बनाते हैं।

दिव्य प्रेम के प्रति समर्पण

शिव की कृपा भक्ति के मार्ग पर चलने वाले दिव्य प्रेम और समर्थन का प्रतीक है। शिव की शिक्षाएँ हमें अपने अहंकार और इच्छाओं को दैवीय इच्छा के प्रति समर्पित करने के लिए मार्गदर्शन करती हैं। उच्च शक्ति पर अपना भरोसा रखकर और खुद को दिव्य प्रेम द्वारा निर्देशित होने की अनुमति देकर हम सुरक्षा, उद्देश्य तथा आंतरिक शांति की भावना का अनुभव करते हैं।

भक्ति की अग्नि

शिव की शिक्षाएँ भक्ति की तीव्रता और उत्साह विकसित करने के लिए हमारा मार्गदर्शन करती हैं। नियमित आध्यात्मिक अभ्यासों और अनुष्ठानों के लिए समय समर्पित करके हम परमात्मा के प्रति प्रेम की लौ जलाते हैं और एक परिवर्तनकारी अग्नि प्रज्वलित करते हैं, जो हमारे अस्तित्व को शुद्ध करती है।

परमात्मा के साथ संवाद

शिव की शिक्षाएँ हमें ध्यान को भक्ति के एक रूप में देखने के लिए हमारा मार्गदर्शन करती हैं—भीतर के दिव्य सार से जुड़ने का एक तरीका। मन को शांत करके और अपनी जागरूकता को अंदर की ओर मोड़कर हम परमात्मा के साथ घनिष्ठ संबंध और संचार के लिए जगह बनाते हैं।

आंतरिक भक्ति

शिव की शिक्षाएँ हमें आंतरिक भक्ति—प्रेम और श्रद्धा, जो हम अपने भीतर रखते हैं—विकसित करने के लिए हमारा मार्गदर्शन करती हैं। अपने

स्वयं के दिव्य स्वभाव को स्वीकार करके और आत्म-प्रेम की भावना का पोषण करके हम भक्ति की एक नींव बनाते हैं, जो बाहर की ओर फैलती है, हमारे संबंधों और बातचीत को समृद्ध करती है।

सन्निहित भक्ति

भक्ति के मार्ग में शिव की अंतर्दृष्टि हमें प्रेम, करुणा और संबंध का जीवन अपनाने के लिए हमारा मार्गदर्शन करती है। भक्तों के प्रति भक्त-वत्सल के प्रेम की समझ के माध्यम से हम सीखते हैं कि भक्ति कोई अलग अभ्यास नहीं है, बल्कि अस्तित्व का एक तरीका है।

शिव का ज्ञान हमें अपने जीवन के सभी पहलुओं में भक्ति विकसित करने तथा हमारे अस्तित्व को प्रेम और उद्देश्य से समृद्ध करने का अधिकार देता है। इन अंतर्दृष्टियों को अपनी दैनिक दिनचर्या, संबंधों और आध्यात्मिक प्रथाओं में शामिल करके हम सन्निहित भक्ति की यात्रा पर निकलते हैं, हमारे हृदय में मौजूद प्रेम को जाग्रत् करते हैं और संपूर्ण सृष्टि में प्रवाहित होने वाले दिव्य सार से जुड़ते हैं। शिव की भक्ति के सार के माध्यम से हमें आध्यात्मिक पूर्णता और समृद्ध जीवन-शैली का मार्ग मिलता है।

□

24

राख से उठना

जीवन, मृत्यु और पुनर्जन्म के चक्र में भगवान् शिव पुनर्जनन की परिवर्तनकारी शक्ति का प्रतीक हैं। राख से उभरने का उनका प्रतीकवाद आत्मा के नवीनीकरण, विकास और निरंतर विकास की क्षमता को दरशाता है।

विनाश की दहाड़ती शक्ति

रुद्र के रूप में शिव का पहलू विनाश की शक्ति का प्रतिनिधित्व करता है, जो पुनर्जन्म का रास्ता साफ करता है। शिव की शिक्षाएँ हमें यह समझने के लिए हमारा मार्गदर्शन करती हैं कि विनाश अंत नहीं है, बल्कि पुनर्जनन के चक्र में एक आवश्यक कदम है। जो अब हमारे लिए उपयोगी नहीं है, उसे जारी करके हम नई शुरुआत और नए अवसरों के लिए जगह बनाते हैं।

परिवर्तन

शिव की शिक्षाएँ हमें परिवर्तन को अस्तित्व के आंतरिक भाग के रूप में देखने के लिए हमारा मार्गदर्शन करती हैं। सभी चीजों की नश्वरता को स्वीकार करके हम लचीलापन और अनुकूलनशीलता विकसित करते हैं, जिससे हम जीवन के बदलावों को अनुग्रह और संभावना की भावना के साथ ग्रहण कर सकते हैं।

पुनर्जनन में सहायता

शिव की शिक्षाएँ हमें उन लोगों के साथ मार्गदर्शन प्राप्त करने और संबंध विकसित करने के लिए हमारा मार्गदर्शन करती हैं, जो हमारा उत्थान करते हैं। अपने आप को एक सहायक समुदाय के साथ घेरने और संबंधों को पोषित करने में सांत्वना की तलाश करने से हमें बदलाव के समय में शक्ति व प्रोत्साहन मिलता है।

राख से उठने की शक्ति

शिव की शिक्षाएँ हमें अपने जीवन में काम आने वाले महान् ज्ञान पर भरोसा करने के लिए हमारा मार्गदर्शन करती हैं। अपने भय और आशंकाओं को ईश्वर को समर्पित करके हम खुद को उस अनुग्रह को प्राप्त करने के लिए खोलते हैं, जो हमारे विकास का समर्थन करता है और हमें राख से उठने की शक्ति देता है।

नवीनीकरण

शिव की शिक्षाएँ हमें चुनौतियों व कठिनाइयों को आत्म-चिंतन और विकास के अवसर के रूप में अपनाने के लिए हमारा मार्गदर्शन करती हैं। आत्म-जागरूकता को बढ़ावा देने वाली आंतरिक प्रथाओं में संलग्न होकर हम गहरे परिवर्तन और नवीनीकरण की नींव रखते हैं।

अंदर झाँकना

शिव की शिक्षाएँ हमें अपना ध्यान अंदर की ओर मोड़ने और अपने आंतरिक परिदृश्य का पता लगाने के लिए हमारा मार्गदर्शन करती हैं। अपने विचारों, भावनाओं और विश्वासों में गहराई से उतरकर हम उन छिपे हुए पैटर्न को उजागर करते हैं, जो हमारे विकास में बाधा बन सकते हैं और आंतरिक परिवर्तन की प्रक्रिया शुरू कर सकते हैं।

परिवर्तन के बीच स्पष्टता

शिव की शिक्षाएँ हमें परिवर्तन की अराजकता के बीच स्पष्टता विकसित करने के लिए हमारा मार्गदर्शन करती हैं। एक केंद्रित और आत्म-निरीक्षक मानसिकता बनाए रखते हुए हम उद्देश्य और दिशा की भावना के साथ बदलावों को ग्रहण करते हैं, जिससे हमें सचेत विकल्प चुनने की अनुमति मिलती है, जो हमारे विकास और विकास के साथ संरेखित होते हैं।

पुनर्जनन को अपनाना

पुनर्जनन में शिव की अंतर्दृष्टि हमें परिवर्तन को विकास और नवीनीकरण के अवसर के रूप में देखने के लिए हमारा मार्गदर्शन करती है। रुद्र की विनाश की शक्ति की समझ के माध्यम से हम सीखते हैं कि पुनर्जनन एकमात्र प्रक्रिया नहीं है, बल्कि पुनर्जन्म की एक गहन यात्रा है।

शिव का मार्गदर्शन हमें साहस और उद्देश्य की भावना के साथ परिवर्तन को स्वीकार करने की शक्ति देता है। इन अंतर्दृष्टियों को अपने जीवन में शामिल करके हम लचीलेपन के साथ बदलावों को पार करते हैं, चुनौतियों को विकास के अवसरों के रूप में देखते हैं और पुनर्जनन को राख से उठने की एक परिवर्तनकारी यात्रा के रूप में देखते हैं। शिव के पुनर्जनन प्रतीकवाद के माध्यम से हम अपने भीतर नवीनीकरण की जन्मजात क्षमता की खोज करते हैं और निरंतर विकास की क्षमता का उपयोग करते हैं।

□

25

शिव की सहज दृष्टि

तीसरी आँख, जिसे प्रायः भगवान् शिव के माथे पर एक रहस्यमय प्रतीक के रूप में दरशाया जाता है, उन्नत धारणा, आंतरिक अंतर्दृष्टि और सहज ज्ञान का प्रतिनिधित्व करती है। तीसरी आँख के बारे में शिव की गहन समझ सूचित निर्णय लेने और जीवन की जटिलताओं से निपटने के लिए हमारी अपनी सहज क्षमताओं का उपयोग करने में अंतर्दृष्टि प्रदान करती है।

आंतरिक ज्ञान का प्रवेश द्वार

शिव की शिक्षाएँ हमें यह पहचानने के लिए मार्गदर्शन करती हैं कि सहज ज्ञान केवल बाहरी जानकारी पर आधारित नहीं है, बल्कि हमारे ज्ञान के आंतरिक कुएँ में प्रवेश करने से उत्पन्न होता है। मन को शांत करके और अपनी जागरूकता को अंदर की ओर मोड़कर हम उन अंतर्दृष्टियों तक पहुँचते हैं, जो हमें प्रामाणिक एवं व्यावहारिक विकल्प बनाने में हमारा मार्गदर्शन करती हैं।

आंतरिक धारणा

शिव की शिक्षाएँ हमें यह समझने में मार्गदर्शन करती हैं कि तीसरी आँख हमें एक लेंस प्रदान करती है, जिसके माध्यम से हम वास्तविकता के सूक्ष्म आयामों को देखते हैं। अपनी सहज इंद्रियों को परिष्कृत करके हम अपने

अनुभवों को आकार देने वाले अंतर्निहित पैटर्न और ऊर्जा की गहरी समझ के साथ जीवन को आगे बढ़ाते हैं।

तर्कसंगतता और अंतर्ज्ञान का संतुलन

शिव की शिक्षाएँ हमें—तर्कसंगतता और अंतर्ज्ञान—दोनों पहलुओं को अपने भीतर एकीकृत करने के लिए हमारा मार्गदर्शन करती हैं। अपने तर्कसंगत दिमाग का पोषण करके और अपनी सहज अंतर्दृष्टि को अपनाकर हम बुद्धि एवं आंतरिक ज्ञान का एक सामंजस्यपूर्ण मिश्रण बनाते हैं, जो समग्र निर्णय लेने में हमारी सहायता करता है।

सुंदर अंतर्ज्ञान

शिव की कृपा सहज दृष्टि का समर्थन करती है। शिव की शिक्षाएँ हमें उस सूक्ष्म मार्गदर्शन पर भरोसा करने के लिए हमारा मार्गदर्शन करती हैं, जो हमारी सहज इंद्रियों से प्रवाहित होता है। अपने अहंकारी विचारों और शंकाओं को त्यागकर हम अपने आपको सहज ज्ञान-युक्त अंतर्दृष्टि प्राप्त करने के लिए खोलते हैं, जो हमारी सर्वोच्च भलाई के साथ जुड़ी होती हैं।

स्पष्टता के लिए आंतरिक शांति

शिव की शिक्षाएँ हमें आंतरिक शांति और मौन विकसित करने के लिए हमारा मार्गदर्शन करती हैं। मन की वाचालता को शांत करके हम सहज ज्ञान-युक्त अंतर्दृष्टि के लिए एक ग्रहणशील स्थान बनाते हैं, जो हमें बाहरी प्रभावों के शोर से परे सच्चाई को समझने की अनुमति देता है।

आंतरिक संबंध को गहरा करना

शिव की शिक्षाएँ हमें ध्यान को एक अभ्यास के रूप में देखने के लिए हमारा मार्गदर्शन करती हैं, जो तीसरी आँख की सहज क्षमता को मजबूत करती हैं। नियमित ध्यान में संलग्न होकर हम अपनी सहज इंद्रियों को तेज

करते हैं और अपने आंतरिक ज्ञान से मार्गदर्शन प्राप्त करने के लिए एक स्पष्ट चैनल विकसित करते हैं।

भक्ति और अंतर्ज्ञान

शिव की शिक्षाएँ हमें अपनी प्रथाओं को भक्ति और विनम्रता के साथ अपनाने के लिए हमारा मार्गदर्शन करती हैं। परमात्मा के साथ हृदय-केंद्रित संबंध विकसित करके हम सहज अंतर्दृष्टि के प्रवाह के लिए एक ग्रहणशील स्थान बनाते हैं, जो आध्यात्मिक भक्ति और व्यावहारिक मार्गदर्शन के बीच के अंतर को पाटता है।

जाग्रत् हुआ तीसरा नेत्र

शिव की अंतर्दृष्टि हमें अपनी सहज प्रकृति को अपनाने और वास्तविकता के सूक्ष्म आयामों को समझने की क्षमता विकसित करने के लिए हमारा मार्गदर्शन करती है। आंतरिक ज्ञान के प्रवेश द्वार की समझ के माध्यम से हम सीखते हैं कि सहज दृष्टि कुछ लोगों का उपहार नहीं है, बल्कि सभी के भीतर एक क्षमता है।

शिव का ज्ञान हमें एक जाग्रत् तीसरी आँख विकसित करने का अधिकार देता है, जो हमें स्वयं, दूसरों और हमारे आसपास की दुनिया की गहरी समझ प्रदान करता है। इन अंतर्दृष्टियों को अपनी दैनिक प्रथाओं, निर्णय लेने की प्रक्रियाओं और संबंधों में शामिल करके हम सहज दृष्टि की शक्ति का उपयोग करते हैं, जिससे हमें स्पष्टता, उद्देश्य और गहरी आंतरिक जानकारी के साथ जीवन की चुनौतियों का सामना करने की अनुमति मिलती है। शिव की सहज दृष्टि एवं शिक्षाओं के माध्यम से हम अपने भीतर मौजूद अव्यक्त ज्ञान को जाग्रत् करते हैं और उन्नत धारणा तथा आत्म-खोज की यात्रा पर निकलते हैं।

□

26

लौकिक रहस्यों का अनावरण

ब्रह्मांड के विशाल विस्तार में भगवान् शिव ब्रह्मांडीय ज्ञान के सार का प्रतीक हैं—अस्तित्व को नियंत्रित करने वाले सार्वभौमिक सिद्धांतों की गहरी समझ। उनकी शिक्षाएँ वास्तविकता की प्रकृति, ब्रह्मांड में हमारे स्थान और सभी जीवन के अंतर्संबंध में गहन अंतर्दृष्टि का खुलासा करती हैं।

लौकिक ज्ञान

शिव की शिक्षाएँ हमें यह पहचानने के लिए हमारा मार्गदर्शन करती हैं कि लौकिक ज्ञान केवल संतों के लिए नहीं है, बल्कि उन सभी के लिए सुलभ है, जो इसे खोजते हैं। आत्म-खोज और आध्यात्मिक अभ्यास का मार्ग अपनाकर हम अपने भीतर सुप्त ब्रह्मांडीय ज्ञान को जाग्रत् करते हैं।

ब्रह्मांडीय ज्ञान

शिव की शिक्षाएँ हमें यह देखने के लिए मार्गदर्शन करती हैं कि ब्रह्मांडीय ज्ञान उन ऊर्जाओं की जटिल परस्पर क्रिया को पहचानने के बारे में है, जो वास्तविकता का ताना-बाना बुनती हैं। इन स्वरूपों और चक्रों का अवलोकन करके हम जीवन के उतार-चढ़ाव के बारे में अंतर्दृष्टि प्राप्त करते हैं, जिससे हम सूचित विकल्प चुनने में सक्षम होते हैं।

सूक्ष्म जगत् और स्थूल जगत् में संतुलन

सूक्ष्म जगत् (व्यक्ति) और स्थूल जगत् (ब्रह्मांड) के बीच संतुलन आवश्यक है। शिव की शिक्षाएँ हमें यह समझने में मार्गदर्शन करती हैं कि लौकिक ज्ञान बाहरी दुनिया तक ही सीमित नहीं है; यह हमारे भीतर भी रहता है। अपने आंतरिक एवं बाह्य अनुभवों में सामंजस्य बिठाकर हम ज्ञान के उस विशाल भंडार का लाभ उठाते हैं, जो हमें ब्रह्मांड से जोड़ता है।

आंतरिक अन्वेषण

शिव की शिक्षाएँ हमें यह पहचानने के लिए हमारा मार्गदर्शन करती हैं कि लौकिक ज्ञान आंतरिक अन्वेषण और आत्म-निपुणता के माध्यम से प्राप्त किया जाता है। अपने विचारों, भावनाओं और विश्वासों में गहराई से उतरकर हम अपने आंतरिक परिदृश्य के रहस्यों को उजागर करते हैं, जिससे वृद्धि और विकास को बढ़ावा मिलता है।

सार्वभौमिक चेतना से जुड़ाव

शिव की शिक्षाएँ हमें यह समझने के लिए हमारा मार्गदर्शन करती हैं कि लौकिक ज्ञान केवल बौद्धिक नहीं, बल्कि अनुभवात्मक है। ध्यान की शांति में प्रवेश करके हम अहंकार की सीमाओं को पार करते हैं और उस असीम ब्रह्मांडीय बुद्धि से जुड़ते हैं, जो हमारे भीतर व बाहर रहती है।

ब्रह्मांडीय सत्य के प्रति जागृति

शिव की शिक्षाएँ हमें यह पहचानने में हमारा मार्गदर्शन करती हैं कि लौकिक ज्ञान में वास्तविकता की सतह से परे देखना शामिल है। गहरी सच्चाइयों और अंतर्निहित पैटर्न को समझने की क्षमता विकसित करके हम स्वयं को उस ब्रह्मांडीय ज्ञान के साथ जोड़ते हैं, जो हमारी पसंद और कार्यों का मार्गदर्शन करता है।

दिव्य रहस्योद्घाटन

शिव की शिक्षाएँ हमें ईश्वरीय कृपा से मिलने वाली अंतर्दृष्टि प्राप्त करने के लिए स्वयं को खोलने के लिए हमारा मार्गदर्शन करती हैं। अपनी अहंकारी इच्छाओं और आसक्तियों को त्यागकर हम अपनी चेतना में उच्च ज्ञान के प्रवाह के लिए एक स्थान बनाते हैं, जो ब्रह्मांड के रहस्यों को उजागर करता है।

लौकिक एकता को अपनाना

शिव का ब्रह्मांडीय ज्ञान हमें व्यक्तिगत धारणा की सीमाओं को पार करने और सभी जीवन की परस्पर संबद्धता को अपनाने की शक्ति देता है। सूक्ष्म जगत् और स्थूल जगत् को संतुलित करने की आवश्यकता के साथ हम सीखते हैं कि ब्रह्मांडीय ज्ञान एक अमूर्त अवधारणा नहीं है, बल्कि एक जीवित वास्तविकता है।

शिव का ज्ञान हमें अपने आंतरिक अस्तित्व की गहराई का पता लगाने, ब्रह्मांड के साथ हमारे अंतर्निहित संबंध को पहचानने और अस्तित्व को नियंत्रित करने वाले सार्वभौमिक सिद्धांतों के साथ तालमेल में रहने के लिए प्रोत्साहित करता है। इन अंतर्दृष्टियों को अपने जीवन में शामिल करके हम अपने जीवन को अधिक स्पष्टता, उद्देश्य और उन ब्रह्मांडीय रहस्यों के प्रति श्रद्धा के साथ आगे बढ़ाते हैं, जो हमें घेरे हुए हैं और हमारे भीतर रहते हैं। शिव के ब्रह्मांडीय ज्ञान के माध्यम से हम उन गहन सत्यों के प्रति जागरूकता की यात्रा पर निकलते हैं, जो ब्रह्मांड की भव्य बुनावट में हमारे अस्तित्व का मार्गदर्शन करते हैं।

□

27

मन की पवित्रता

मन एक शक्तिशाली उपकरण है, जो हमारी धारणा, निर्णय और समग्र कल्याण को आकार देता है। मानसिक अनुशासन पर भगवान् शिव की शिक्षाएँ शुद्ध और केंद्रित मन विकसित करने में गहन अंतर्दृष्टि प्रदान करती हैं, जो जीवन की चुनौतियों का प्रबंधन करने और चेतना की उच्च स्थिति को अपनाने की हमारी क्षमता को बढ़ाती हैं।

भोलेनाथ के रूप में शिव

'भोलेनाथ' के रूप में शिव की उपाधि उनकी मासूमियत और हृदय की पवित्रता को दरशाती है। शिव की शिक्षाएँ हमें यह पहचानने में हमारा मार्गदर्शन करती हैं कि मन की पवित्रता सरलता और प्रामाणिकता में निहित है। बच्चों जैसा आश्चर्य एवं खुलापन विकसित करके हम वास्तविक अनुभवों के लिए जगह बनाते हैं और मन को अनावश्यक जटिलताओं से अव्यवस्थित होने से रोकते हैं।

मानसिक अनुशासन

शिव की शिक्षाएँ हमें यह समझने के लिए मार्गदर्शन करती हैं कि मानसिक अनुशासन में एकाग्रता और आंतरिक शांति दोनों शामिल हैं। मन को विकर्षणों के बीच केंद्रित रहने के लिए प्रशिक्षित करके हम उच्च स्तर की स्पष्टता और अंतर्दृष्टि तक पहुँचते हैं।

विचारों और भावनाओं में सामंजस्य

शिव की शिक्षाएँ हमें यह पहचानने के लिए हमारा मार्गदर्शन करती हैं कि मन की पवित्रता केवल विचारों को नियंत्रित करने के बारे में नहीं है, बल्कि भावनाओं में सामंजस्य स्थापित करने के बारे में भी है। अपनी भावनाओं को स्वीकार करने एवं समझने से हम उन्हें अपने मानसिक परिदृश्य पर हावी होने से रोकते हैं और भावनात्मक बुद्धिमत्ता विकसित करते हैं।

मन पर अनुग्रहपूर्ण नियंत्रण

शिव की कृपा दिव्य सहायता का प्रतिनिधित्व करती है, जो मानसिक अनुशासन का समर्थन करती है। शिव की शिक्षाएँ हमें अहंकारी मन को दैवीय कृपा के प्रति समर्पित करने के लिए मार्गदर्शन करती हैं। हर चीज को नियंत्रित करने की आवश्यकता से मुक्त होकर और उच्च शक्ति पर भरोसा करके हम अनुग्रह को अपने विचारों व कार्यों का मार्गदर्शन करने की अनुमति देते हैं, जिससे आंतरिक सद्भाव की स्थिति पैदा होती है।

मानसिक लचीलापन विकसित करना

शिव की शिक्षाएँ हमें यह समझने के लिए हमारा मार्गदर्शन करती हैं कि मानसिक अनुशासन के लिए निरंतर प्रयास की आवश्यकता होती है। ध्यान और माइंडफुलनेस जैसी मन को प्रशिक्षित करने वाली प्रथाओं में संलग्न होकर हम शांत एवं केंद्रित दृष्टिकोण के साथ चुनौतियों का सामना करने के लिए मानसिक सहन-शक्ति का निर्माण करते हैं।

आंतरिक शांति का विकास

शिव की शिक्षाएँ हमें यह पहचानने के लिए हमारा मार्गदर्शन करती हैं कि मानसिक शुद्धता शांत मन से उत्पन्न होती है। नियमित ध्यान में संलग्न होकर हम शांति के क्षण बनाते हैं, जो हमें बिना लगाव के अपने विचारों का निरीक्षण करने की अनुमति देते हैं, जिससे अधिक स्पष्टता और मानसिक संतुलन प्राप्त होता है।

विवेक और मानसिक स्पष्टता

शिव की शिक्षाएँ हमें विवेक और मानसिक स्पष्टता विकसित करने के लिए हमारा मार्गदर्शन करती हैं। सतही दिखावे से परे देखने की क्षमता विकसित करके हम मन को भ्रमों से प्रभावित होने से रोकते हैं और निर्णय की गहरी भावना विकसित करते हैं, जो हमारे उच्च उद्देश्य को पूरा करती हैं।

शुद्ध मन का पोषण

मानसिक अनुशासन में शिव की अंतर्दृष्टि हमें शुद्ध व केंद्रित मन विकसित करने के लिए मार्गदर्शन करती हैं, जो अधिक सार्थक और उद्देश्यपूर्ण जीवन की ओर ले जाती है। भोलेनाथ की मासूमियत की समझ के माध्यम से हम सीखते हैं कि मानसिक शुद्धता एक अप्राप्य आदर्श नहीं है, बल्कि एक क्रमिक प्रक्रिया है।

शिव का ज्ञान हमें धैर्य, करुणा और निरंतर प्रयास के साथ मानसिक अनुशासन अपनाने की शक्ति देता है। इन अंतर्दृष्टियों को अपनी दैनिक दिनचर्या, आध्यात्मिक प्रथाओं और बातचीत में शामिल करके हम एक ऐसे मन का निर्माण करते हैं, जो स्पष्ट, केंद्रित और हमारे उच्च 'स्व' के साथ संरेखित होता है। मानसिक अनुशासन पर शिव की शिक्षाओं के माध्यम से हम एक शुद्ध मन विकसित करने की परिवर्तनकारी यात्रा पर निकलते हैं, जो प्रकाश की किरण के रूप में कार्य करता है, जो हमें अधिक जागरूकता, उद्देश्य और आंतरिक सद्भाव के जीवन की ओर हमारा मार्गदर्शन करता है।

□

28

शिव के पवित्र स्थल

आत्म-खोज और परमात्मा के साथ संबंध की परिवर्तनकारी यात्रा के रूप में तीर्थयात्रा कई आध्यात्मिक परंपराओं में एक विशेष स्थान रखती है। पवित्र स्थलों पर भगवान् शिव की शिक्षाएँ तीर्थयात्रा के महत्त्व में गहन अंतर्दृष्टि प्रदान करती हैं और यह कैसे आत्म-निरीक्षण, उपचार एवं आध्यात्मिक विकास के अवसर प्रदान करके हमारे जीवन को समृद्ध कर सकती हैं?

पवित्र स्थलों में शिव की उपस्थिति

माना जाता है कि शिव को समर्पित कुछ पवित्र स्थलों में उनकी उपस्थिति विशेष रूप से प्रभावशाली है। शिव की शिक्षाएँ हमें यह समझने के लिए मार्गदर्शन करती हैं कि तीर्थयात्रा केवल एक भौतिक यात्रा नहीं है, बल्कि इन पवित्र स्थानों में व्याप्त दिव्य सार से जुड़ने की एक आध्यात्मिक खोज है। खुले मन और ग्रहणशील मस्तिष्क के साथ इन स्थलों पर जाकर हम उन शक्तिशाली ऊर्जाओं का लाभ उठाते हैं, जो आंतरिक परिवर्तन को सुविधाजनक बनाती हैं।

तीर्थयात्रा

शिव की शिक्षाएँ हमें तीर्थयात्रा को ब्रह्मांड की पवित्र लय से जुड़ने के एक तरीके के रूप में देखने के लिए हमारा मार्गदर्शन करती हैं। इन स्थलों के

आध्यात्मिक माहौल में डूबकर हम अपनी ऊर्जा को ब्रह्मांडीय नृत्य के साथ जोड़ते हैं तथा एकता और एकत्व की गहरी भावना का अनुभव करते हैं।

आत्म-निरीक्षण की यात्रा

शिव की शिक्षाएँ हमें इस यात्रा को आत्म-निरीक्षण और आत्म-खोज के अवसर के रूप में उपयोग करने के लिए हमारा मार्गदर्शन करती हैं। ध्यान और आत्म-चिंतन जैसी क्रियाओं में संलग्न होकर हम स्वयं और अपने आंतरिक ज्ञान के साथ अपना संबंध गहरा करते हैं।

शिव के आशीर्वाद

तीर्थयात्रा के माध्यम से शिव के आशीर्वाद प्रवाहित होते हैं। शिव की शिक्षाएँ हमें यह पहचानने में मार्गदर्शन करती हैं कि तीर्थयात्रा दिव्य मार्गदर्शन प्राप्त करने और अनुग्रह प्राप्त करने का एक पवित्र कार्य है। विनम्रता और भक्ति के साथ इन स्थलों पर जाकर हम ईश्वर द्वारा प्रदान किए जाने वाले आशीर्वाद और अंतर्दृष्टि प्राप्त करने के लिए खुद को खोलते हैं, जिससे हमारी आध्यात्मिक यात्रा समृद्ध होती है।

आंतरिक परिवर्तन

शिव की शिक्षाएँ हमें तीर्थयात्रा को आध्यात्मिक शुद्धि और विकास से गुजरने के अवसर के रूप में देखने के लिए हमारा मार्गदर्शन करती है। इन पवित्र स्थलों की ऊर्जा में खुद को डुबोकर हम अहंकार और आसक्ति की परतें उतार देते हैं, जिससे हमारा सच्चा 'स्व' उभरकर सामने आता है।

चिंतन और अंतर्दृष्टि

शिव की ध्यान की स्थिति उस चिंतन और अंतर्दृष्टि का उदाहरण है, जो तीर्थयात्रा को बढ़ावा देती है। शिव की शिक्षाएँ हमें तीर्थयात्रा के दौरान सचेत अवलोकन और आंतरिक चिंतन में संलग्न रहने के लिए हमारा मार्गदर्शन करती हैं। पवित्र परिवेश के प्रति अपनी जागरूकता को समायोजित करके हम

अपनी यात्रा और इन स्थलों द्वारा प्रस्तुत सार्वभौमिक सत्यों के बारे में गहरी अंतर्दृष्टि प्राप्त करते हैं।

उन्नत धारणा

शिव की शिक्षाएँ हमें तीर्थयात्रा के दौरान उन्नत धारणा विकसित करने के लिए मार्गदर्शन करती हैं। अपनी सहज इंद्रियों को खोलने तथा इन स्थलों की सूक्ष्म ऊर्जाओं के साथ तालमेल बिठाकर हम उनके महत्त्व और हमारे आध्यात्मिक पथ के लिए उनके संदेशों की गहरी समझ प्राप्त करते हैं।

पवित्र तीर्थयात्रा

पवित्र स्थलों के बारे में शिव की अंतर्दृष्टि हमें आत्म-खोज, उपचार और आध्यात्मिक संबंध की परिवर्तनकारी यात्रा के रूप में तीर्थयात्रा शुरू करने के लिए हमारा मार्गदर्शन करती है। पवित्र स्थलों में शिव की उपस्थिति की समझ के माध्यम से हम सीखते हैं कि तीर्थयात्रा केवल एक शारीरिक यात्रा नहीं है, बल्कि आत्मा की एक पवित्र तीर्थयात्रा है।

शिव का ज्ञान हमें श्रद्धा और समर्पण की भावना के साथ तीर्थयात्रा करने के लिए प्रोत्साहित करता है, यह पहचानते हुए कि ये स्थल हमारी चेतना में गहन बदलाव की सुविधा प्रदान करने की क्षमता रखते हैं। इन अंतर्दृष्टियों को अपने तीर्थयात्रा के अनुभवों में शामिल करके हम गहरे आंतरिक प्रतिबिंब, परमात्मा के साथ संबंध और अपने आध्यात्मिक पथ के प्रति नए सिरे से प्रतिबद्धता की यात्रा शुरू करते हैं। पवित्र स्थलों पर शिव की शिक्षाओं के माध्यम से हम तीर्थयात्रा की परिवर्तनकारी शक्ति का लाभ उठाते हैं और आत्म-खोज एवं आध्यात्मिक जागृति की पवित्र यात्रा पर निकलते हैं।

□

29

समय के संरक्षक

समय एक बहती हुई नदी के समान है, जो हमारे जीवन और अनुभवों को आकार देती है। भगवान् शिव, जिन्हें 'महाकाल' या 'महान् समय' के रूप में जाना जाता है, उस कालातीत सार का प्रतीक हैं, जो अतीत, वर्तमान और भविष्य की सीमाओं को पार करता है। समय पर उनकी शिक्षाएँ वर्तमान क्षण को अपनाने, जीवन की नश्वरता को समझने और ज्ञान व अनुग्रह के साथ समय की जटिलताओं को दूर करने में गहन अंतर्दृष्टि प्रदान करती हैं।

महाकाल के रूप में शिव

शिव की 'महाकाल' उपाधि उनके काल अवतार की द्योतक है। शिव की शिक्षाएँ हमें समय के प्रवाह का विरोध करने के बजाय उसे अपनाने के लिए हमारा मार्गदर्शन करती हैं। यह स्वीकार करके कि समय एक प्राकृतिक शक्ति है, जो हमारे जीवन को आकार देती है, हम इसके प्रसारण के खिलाफ संघर्ष को छोड़ देते हैं और स्वीकृति व जागरूकता के साथ इसकी धाराओं में संचरण करना सीखते हैं।

शाश्वत परिवर्तन

शिव की शिक्षाएँ हमें समय को एक निरंतर शक्ति के रूप में देखने के लिए हमारा मार्गदर्शन करती हैं, जो जन्म और मृत्यु, विकास और क्षय

दोनों लाती हैं। अस्तित्व की चक्रीय प्रकृति को समझकर हम आसक्तियों को छोड़ना सीखते हैं और उन क्षणों में सुंदरता ढूँढ़ना सीखते हैं, जो हमारे जीवन को बनाते हैं।

समय में संतुलन ढूँढ़ना

शिव की शिक्षाएँ हमें अपने अतीत का सम्मान करते हुए और भविष्य की तैयारी करते हुए वर्तमान में बने रहने के लिए मार्गदर्शन करती हैं। अपने अनुभवों के ज्ञान को अपने वर्तमान विकल्पों में पिरोकर हम समय के साथ एक सामंजस्यपूर्ण संबंध बनाते हैं, जो हमारी यात्रा को समृद्ध बनाता है।

कालातीत उपस्थिति

शिव की कृपा उस कालातीत उपस्थिति का प्रतिनिधित्व करती है, जो समय की सीमाओं से परे है। शिव की शिक्षाएँ हमें शाश्वत के प्रवेश द्वार के रूप में वर्तमान क्षण तक पहुँचने के लिए हमारा मार्गदर्शन करती हैं। खुद को यहाँ और अभी में स्थापित करके हम बढ़ी हुई जागरूकता और उपस्थिति की स्थिति में पहुँच जाते हैं, जो अतीत की चिंताओं तथा भविष्य की चिंताओं से परे है।

चुनौतियों से निपटना

चुनौतियों से निपटने के लिए अनुशासन आवश्यक है। शिव की शिक्षाएँ हमें चुनौतियों को विकास और परिवर्तन के अवसर के रूप में देखने के लिए मार्गदर्शन करती हैं। लचीलापन और आंतरिक शक्ति विकसित करके हम जीवन के उतार-चढ़ाव को अनुग्रह एवं उद्देश्य की भावना के साथ पार करते हैं।

कालातीत शांति

शिव की शिक्षाएँ ध्यान के माध्यम से कालातीत स्थिति तक पहुँचने के लिए हमारा मार्गदर्शन करती हैं। मन को शांत करके और अपनी जागरूकता

को अंदर की ओर मोड़कर हम चेतना के एक ऐसे क्षेत्र से जुड़ते हैं, जो लौकिक दुनिया की सीमाओं से परे है।

समय के सार को समझना

शिव की शिक्षाएँ हमें समय के सार को समझने की क्षमता विकसित करने के लिए मार्गदर्शन करती हैं। सभी चीजों की नश्वरता को पहचानकर और जो वास्तव में मायने रखता है, उस पर ध्यान केंद्रित करके हम उद्देश्य के साथ जीते हैं और एक ऐसी विरासत बनाते हैं, जो समय की सीमाओं से परे फैली हुई है।

कालातीत जीवन जीना

शिव का कालातीत ज्ञान हमें उद्देश्य, उपस्थिति और कृतज्ञता की भावना के साथ समय की नदी में चलने की शक्ति देता है। समय को महाकाल के आलिंगन की समझ के माध्यम से हम सीखते हैं कि समय केवल एक रैखिक प्रगति नहीं है, बल्कि एक बहुआयामी अनुभव है।

शिव का ज्ञान हमें प्रत्येक क्षण को पूरी तरह से जीने के लिए प्रोत्साहित करता है, यह पहचानते हुए कि वर्तमान वह कैनवास है, जिस पर हमारा अतीत और भविष्य प्रकट होता है। इन अंतर्दृष्टियों को अपने दैनिक जीवन में शामिल करके हम समय की सीमाओं को पार करते हैं और सचेतन जीवन की यात्रा में संलग्न होते हैं, जो अस्तित्व के शाश्वत प्रवाह के साथ संरेखित होती है। समय पर शिव की शिक्षाओं के माध्यम से हम उद्देश्य, ज्ञान और कालातीत उपस्थिति के साथ रहते हुए अपनी नियति के संरक्षक बन जाते हैं।

□

30

प्राणिक जीवन-शक्ति

ऊर्जा वह जीवन-शक्ति है, जो हमें आगे बढ़ने के लिए प्रेरित करती है, हमारे कार्यों को ऊर्जा देती है और हमारी भलाई को बनाए रखती है। प्राणिक जीवन-शक्ति पर भगवान् शिव की शिक्षाएँ इष्टतम शारीरिक, मानसिक और आध्यात्मिक स्वास्थ्य के लिए हमारी ऊर्जा के दोहन एवं संरक्षण में गहन अंतर्दृष्टि प्रदान करती हैं।

जीवन की साँस

शिव की शिक्षाएँ यह पहचानने के लिए हमारा मार्गदर्शन करती हैं कि प्राण वह आवश्यक जीवन-शक्ति है, जो सभी जीवित प्राणियों को जीवित रखती है। अपनी साँस और प्राणिक जीवन-शक्ति के प्रति सचेत होकर हम अपनी ऊर्जा के आंतरिक स्रोत के साथ गहरा संबंध विकसित करते हैं।

प्राणिक शक्ति

शिव की शिक्षाएँ हमें यह समझने में हमारा मार्गदर्शन करती हैं कि प्राणिक जीवन-शक्ति केवल शारीरिक नहीं है, बल्कि हमारे मानसिक और भावनात्मक कल्याण तक फैली हुई है। अपने विचारों, भावनाओं और कार्यों के बीच सामंजस्य बनाए रखकर हम अपने संपूर्ण अस्तित्व में प्राण के इष्टतम प्रवाह को सुनिश्चित करते हैं।

प्राणिक संतुलन का पोषण

शिव की शिक्षाएँ हमें प्राणिक संतुलन बनाए रखने के लिए अपने भीतर विरोधी ऊर्जाओं में सामंजस्य स्थापित करने के लिए हमारा मार्गदर्शन करती हैं। अपने सक्रिय और ग्रहणशील—दोनों पहलुओं को अपनाकर हम ऊर्जा का एक सामंजस्यपूर्ण प्रवाह बनाते हैं, जो हमारी जीवन-शक्ति को बनाए रखता है।

महत्त्वपूर्ण ऊर्जा प्रवाह

शिव की कृपा महत्त्वपूर्ण ऊर्जा के प्रवाह का प्रतिनिधित्व करती है, जो दिव्य सिद्धांतों के साथ संरेखण के माध्यम से आती है। शिव की शिक्षाएँ हमें यह पहचानने के लिए हमारा मार्गदर्शन करती हैं कि प्राणिक जीवन-शक्ति केवल एक भौतिक घटना नहीं हैं, बल्कि एक आध्यात्मिक घटना भी है। ब्रह्मांड की उच्च बुद्धिमत्ता के प्रति समर्पण करके हम दिव्य ऊर्जा के प्रवाह को अपने शरीर, मन और आत्मा को पोषण देने की अनुमति देते हैं।

प्राणिक नवीनीकरण

तप द्वारा प्राणिक जीवन-शक्ति का आंतरिक नवीनीकरण संभव है। शिव की शिक्षाएँ हमें उन प्रथाओं में संलग्न होने के लिए मार्गदर्शन करती हैं, जो हमारी ऊर्जा को पुनर्स्थापित और पुनर्जीवित करती हैं। स्वस्थ जीवन-शैली की आदतें अपनाकर, नियमित शारीरिक गतिविधि में संलग्न होकर और सचेतनता का अभ्यास करके हम अपने भीतर प्राण के निरंतर प्रवाह को सुनिश्चित करते हैं।

प्राण को प्रवाहित करना

शिव की ध्यानावस्था आध्यात्मिक विकास के लिए प्राण को निर्देशित करने की क्षमता का उदाहरण देती है। शिव की शिक्षाएँ हमें प्राणिक ऊर्जा को चेतना की उच्च अवस्थाओं की ओर निर्देशित करने के लिए ध्यान को एक उपकरण के रूप में उपयोग करने के लिए हमारा मार्गदर्शन करती हैं।

प्राणायाम (साँस पर नियंत्रण) और ऊर्जा दृश्य जैसी प्रथाओं में संलग्न होकर हम अपनी आध्यात्मिक यात्रा का समर्थन करने के लिए अपनी ऊर्जा को बढ़ाते हैं।

ऊर्जावान् प्रवाह की धारणा

शिव की शिक्षाएँ हमें अपने भीतर और ब्रह्मांड में प्राण के प्रवाह को समझने की क्षमता विकसित करने के लिए मार्गदर्शन करती हैं। ऊर्जावान् बदलावों और असंतुलन के प्रति संवेदनशीलता विकसित करके हम अपने अस्तित्व में सद्भाव एवं जीवन-शक्ति बहाल करने के लिए सक्रिय कदम उठाते हैं।

प्राणिक जीवन-शक्ति का विकास करना

प्राणिक जीवन-शक्ति में शिव की अंतर्दृष्टि हमें अपनी ऊर्जा के प्रति जागरूक प्रबंधक बनने और हमारे शारीरिक, मानसिक व आध्यात्मिक कल्याण का पोषण करने के लिए हमारा मार्गदर्शन करती है। जीवन के साँसों के साथ संबंध की समझ के माध्यम से हम सीखते हैं कि प्राण केवल एक अवधारणा नहीं है, बल्कि एक गतिशील शक्ति है, जो हमारे अनुभवों को आकार देती है।

शिव का ज्ञान हमें आत्म-देखभाल को प्राथमिकता देने, हमारी ऊर्जा के अनुरूप प्रथाओं को अपनाने और हमारे जीवन के हर पहलू में जागरूकता पैदा करने के लिए प्रोत्साहित करता है। इन अंतर्दृष्टियों को अपनी दिनचर्या में शामिल करके हम अपनी प्राणिक जीवन-शक्ति को बनाए रखते हैं, यह सुनिश्चित करते हुए कि हमारी ऊर्जा जीवंत, संतुलित और ब्रह्मांडीय प्रवाह के साथ सामंजस्य बनाए रखती हैं। प्राणिक जीवन-शक्ति पर शिव की शिक्षाओं के माध्यम से हम समग्र कल्याण और उन्नत जागरूकता की यात्रा पर निकलते हैं, जो हमारे विकास एवं प्रगति का समर्थन करती है।

□

31

ओउम् की पवित्र ध्वनि

ओम् की ध्वनि, जिसे 'ओउम्' भी कहा जाता है, एक पवित्र कंपन है, जो हिंदू अध्यात्म के हृदय में गूँजती है। भगवान् शिव ब्रह्मांडीय चेतना के अवतार प्राय: ओउम् की गहन प्रतिध्वनि से जुड़े होते हैं। पवित्र ध्वनि पर उनकी शिक्षाएँ इसके महत्त्व, इसमें निहित शक्ति और चेतना की उच्च अवस्थाओं से जुड़ने तथा हमारे अस्तित्व को सार्वभौमिक सद्भाव के साथ संरेखित करने के लिए कैसे उपयोग किया जा सकता है, के बारे में अंतर्दृष्टि प्रदान करती हैं।

दिव्य ध्वनि के रूप में

'नाद ब्रह्म' के रूप में शिव की उपाधि उनके दिव्य सार के रूप में ध्वनि के अवतार को दरशाती है। शिव की शिक्षाएँ हमें यह समझने में मार्गदर्शन करती हैं कि ध्वनि केवल एक भौतिक घटना नहीं है, बल्कि ब्रह्मांड में व्याप्त ब्रह्मांडीय ऊर्जा की अभिव्यक्ति है। ध्वनि को दिव्य कंपन के वाहक के रूप में पहचानकर हम खुद को इसकी परिवर्तनकारी क्षमता के लिए खोलते हैं।

कंपनात्मक सद्भाव

शिव का बीज मंत्र 'ओउम्' कंपनात्मक सामंजस्य के रूप में पूरी सृष्टि में गूँजता है। शिव की शिक्षाएँ हमें 'ओउम्' को मौलिक ध्वनि के रूप में

देखने के लिए मार्गदर्शन करती हैं, जो ब्रह्मांड की लय का आधार है। अपनी चेतना को ओउम् के ब्रह्मांडीय कंपन के साथ जोड़कर हम खुद को अस्तित्व के सामंजस्यपूर्ण प्रवाह के साथ संरेखित करते हैं।

ओउम् का बहुआयामी अर्थ

शिव की शिक्षाएँ हमें क्रमशः सृजन, संरक्षण और विघटन के प्रतिनिधि के रूप में ओउम्—ओ, उ और म् के तीन अक्षरों का पता लगाने के लिए हमारा मार्गदर्शन करती हैं। प्रत्येक अक्षर पर ध्यान करके हम अस्तित्व की चक्रीय प्रकृति और जीवन की शाश्वत लय से जुड़ते हैं।

दिव्य उपस्थिति की प्रतिध्वनि

शिव की कृपा दिव्य उपस्थिति की प्रतिध्वनि का प्रतिनिधित्व करती है, जो ओउम् की पवित्र ध्वनि के माध्यम से उभरती है। शिव की शिक्षाएँ हमें चेतना की उच्च अवस्थाओं से जुड़ने के लिए ओउम् को एक उपकरण के रूप में प्रयोग करने के लिए मार्गदर्शन करती हैं। श्रद्धा व भक्ति के साथ 'ओउम्' का जप करके हम सांसारिक और दिव्यता के बीच एक कंपन पुल बनाते हैं, जिससे हमें ब्रह्मांडीय चेतना के साथ एकता का अनुभव करने की अनुमति मिलती है।

परिवर्तनकारी जाप

शिव की लंबी तपस्या 'ओउम्' जाप की परिवर्तनकारी शक्ति का प्रतीक है। शिव की शिक्षाएँ हमें यह पहचानने में मार्गदर्शन करती हैं कि ओउम् केवल ध्वनियों का एक क्रम नहीं है, बल्कि आंतरिक परिवर्तन का एक उपकरण है। नियमित जाप में संलग्न होकर हम अपनी चेतना को शुद्ध करते हैं, मन को शांत करते हैं और जागरूकता की गहरी परतों तक पहुँचते हैं।

जागरूकता का विस्तार

ध्यान की गहनता ओउम् की ध्वनि के माध्यम से उत्पन्न होती है। शिव

की शिक्षाएँ हमें ध्यान के लिए ओउम् को केंद्र-बिंदु के रूप में प्रयुक्त करने के लिए हमारा मार्गदर्शन करती हैं। ओउम् के कंपन में खुद को डुबोकर हम अहंकार की सीमाओं से परे अपनी चेतना का विस्तार करते हैं और उच्च जागरूकता एवं आंतरिक शांति की स्थिति में प्रवेश करते हैं।

कंपन संबंधी वास्तविकताओं को समझना

शिव की शिक्षाएँ हमें भौतिक क्षेत्र से परे मौजूद कंपन संबंधी वास्तविकताओं को समझने की क्षमता विकसित करने के लिए हमारा मार्गदर्शन करती हैं। अपनी इंद्रियों को ओउम् के सूक्ष्म स्पंदनों के साथ जोड़कर हम वास्तविकता की गहरी परतों तक पहुँचते हैं, जो अन्यथा अगोचर हैं।

सार्वभौमिक सद्भाव के साथ गूँजता ओउम्

ओउम् की पवित्र ध्वनि में शिव की अंतर्दृष्टि हमें इसकी परिवर्तनकारी शक्ति का प्रयोग करने और सृजन को रेखांकित करने वाले सार्वभौमिक सद्भाव से जुड़ने के लिए हमारा मार्गदर्शन करती हैं। नाद ब्रह्म की ध्वनि के अवतार की समझ के माध्यम से हम सीखते हैं कि ओउम् केवल एक शब्दांश नहीं है, बल्कि आत्म-खोज का एक शक्तिशाली साधन है।

शिव का ज्ञान हमें ध्यान, आत्म-अन्वेषण और आध्यात्मिक विकास के लिए ओउम् को एक उपकरण के रूप में अपनाने के लिए प्रोत्साहित करता है। ओउम् को अपनी दैनिक क्रियाओं में शामिल करके हम सार्वभौमिक सद्भाव के साथ प्रतिध्वनित होते हैं और पवित्र ध्वनि के माध्यम से बहने वाले कालातीत ज्ञान का लाभ उठाते हैं। ओउम् की पवित्र ध्वनि पर शिव की शिक्षाओं के माध्यम से हम खुद को ध्वनि की परिवर्तनकारी शक्ति के लिए खोलते हैं और गहरी आंतरिक प्रतिध्वनि एवं ब्रह्मांडीय चेतना के साथ संबंध की यात्रा पर निकलते हैं।

□

32
दीप्तिमान शांति

जीवन की अराजकता और चुनौतियों के बीच आंतरिक शांति एक अनमोल अभयारण्य बन जाती है, जो हमें दुनिया को अनुग्रह और लचीलेपन के साथ ग्रहण करने की अनुमति देती है। भगवान् शिव शांति के प्रतीक हैं और शांति की आभा बिखेरते हैं, जो सांत्वना और प्रेरणा प्रदान करती है। आंतरिक शांति विकसित करने की उनकी शिक्षाएँ हमें शांति एवं समता की स्थिति की ओर ले जाती हैं, जिससे हम जीवन के तूफानों को अनुग्रह के साथ प्रबंधित करने में सक्षम होते हैं।

'शांत मूर्ति' के रूप में शिव

'शांत मूर्ति' के रूप में शिव की उपाधि उनके शांति के अवतार का प्रतीक है। शिव की शिक्षाएँ हमें यह पहचानने के लिए मार्गदर्शन करती हैं कि आंतरिक शांति एक निष्क्रिय अवस्था नहीं है, बल्कि एक गतिशील गुण है, जो भीतर से निकलता है। अपने विचारों, कार्यों और बातचीत में शांति को शामिल करके हम शांति की एक आभा बनाते हैं, जो स्वयं को और हमारे आसपास के लोगों को ऊपर उठाती है।

शिव की शिक्षाएँ हमें यह समझने के लिए मार्गदर्शन करती हैं कि आंतरिक शांति बाहरी परिस्थितियों से भंग नहीं होती है। अपने भीतर शांति की स्थिति विकसित करके हम जीवन के उतार-चढ़ाव के बीच केंद्रित रहते हैं

तथा शांति और संतुलन की ऊर्जा प्रसारित करते हैं।

शिव की शिक्षाएँ हमें यह पहचानने के लिए हमारा मार्गदर्शन करती हैं कि आंतरिक शांति हमारे संबंधों को बढ़ाती है। शांत और खुले मन से बातचीत करके हम सार्थक संबंधों को बढ़ावा देते हुए समझ और सहयोग का माहौल बनाते हैं।

शांत उपस्थिति

शिव की कृपा उस शांत उपस्थिति का प्रतिनिधित्व करती है, जो शांत हृदय से निकलती है। शिव की शिक्षाएँ हमें आंतरिक शांति को अनुग्रह के स्रोत के रूप में प्रयुक्त करने के लिए मार्गदर्शन करती हैं। हमारे भीतर मौजूद शांति से जुड़कर हम दिव्य शांति के पात्र बन जाते हैं। हम जिस भी स्थान में प्रवेश करते हैं, उसकी ऊर्जा को ऊपर उठाते हैं और दूसरों को सांत्वना प्रदान करते हैं।

शिव की शिक्षाएँ हमें यह पहचानने के लिए मार्गदर्शन करती हैं कि आंतरिक शांति के लिए निरंतर प्रयास की आवश्यकता होती है। ध्यान और माइंडफुलनेस जैसी क्रियाओं में संलग्न होकर हम मन को शांत करने और अपने अस्तित्व की शांत गहराइयों तक पहुँचने की क्षमता विकसित करते हैं।

शांति में केंद्रित होना

शिव की ध्यान की स्थिति उस केंद्रितता का उदाहरण है, जो आंतरिक शांति से उत्पन्न होती है। शिव की शिक्षाएँ हमें शांति के अपने आंतरिक अभयारण्य तक पहुँचने के लिए ध्यान को एक उपकरण के रूप में प्रयोग करने के लिए हमारा मार्गदर्शन करती हैं। अपनी जागरूकता को अंदर की ओर मोड़कर और अपने भीतर के मौन स्थान से जुड़कर हम शांति का भंडार विकसित करते हैं, जो जीवन के हर पहलू में हमारा साथ देता है।

सद्भाव की धारणा

शिव की शिक्षाएँ हमें सभी स्थितियों में अंतर्निहित सद्भाव को समझने

की क्षमता विकसित करने के लिए हमारा मार्गदर्शन करती हैं। चुनौतियों और संघर्षों को आंतरिक शांति के चश्मे से देखकर हम ज्ञान और स्पष्टता के साथ प्रतिक्रिया करते हैं, तनाव कम करते हैं और संतुलन बहाल करते हैं।

आंतरिक शांति को अपनाना

आंतरिक शांति में शिव की अंतर्दृष्टि हमें एक शांत आभा विकसित करने के लिए हमारा मार्गदर्शन करती है, जो हमारे जीवन और हमारे आसपास के लोगों को समृद्ध बनाती है। शांत मूर्ति के शांति के अवतार की समझ के माध्यम से हम सीखते हैं कि आंतरिक शांति कोई दूर का आदर्श नहीं, बल्कि एक प्राप्य स्थिति है।

शिव का ज्ञान हमें आत्म-देखभाल को प्राथमिकता देने तथा हमारी आंतरिक शांति का पोषण करने वाली प्रथाओं को अपनाने और जीवन को ऐसे हृदय से अपनाने के लिए प्रोत्साहित करता है, जो बाहरी परिस्थितियों से विचलित न हों। इन अंतर्दृष्टियों को अपनी दिनचर्या और वार्त्ता में शामिल करके हम शांति के प्रतीक बन जाते हैं तथा जहाँ भी हम जाते हैं, सद्भाव एवं शांति फैलाते हैं। शांति बिखेरने की शिव की शिक्षाओं के माध्यम से हम एक परिवर्तनकारी यात्रा पर निकलते हैं, जो हमें हमारे वास्तविक स्वभाव के शांत सार के साथ जोड़ती हैं।

□

33

सृष्टि का नृत्य

सृष्टि का नृत्य एक शानदार दृश्य है, जो ब्रह्मांड के हर कोने में प्रकट होता है; जो जन्म, विकास और परिवर्तन की गतिशील परस्पर क्रिया का प्रतीक है। सृष्टि का नृत्य जीवन, मृत्यु और पुनर्जन्म के चक्रों का प्रतीक है, जो हमें परिवर्तन को अपनाने, अराजकता में सद्भाव खोजने और अस्तित्व की शाश्वत लय में भाग लेने के बारे में गहन सबक सिखाता है।

ब्रह्मांडीय क्रम

शिव की शिक्षाएँ हमें यह समझने में हमारा मार्गदर्शन करती हैं कि सृष्टि एक दैवीय पैटर्न, एक लय का अनुसरण करती हैं, जो एक साथ अराजक और सामंजस्यपूर्ण हैं। यह पहचानकर कि अराजकता और व्यवस्था अस्तित्व के परस्पर जुड़े हुए पहलू हैं, हम जीवन के उतार-चढ़ाव को समता के साथ जीना सीखते हैं।

शिव की शिक्षाएँ हमें तांडव को पुरुषत्व और स्त्रीत्व ऊर्जा, जो अस्तित्व का गठन करती हैं, के बीच नृत्य के प्रतिबिंब के रूप में देखने के लिए हमारा मार्गदर्शन करती हैं। अपने भीतर की इन दोनों ऊर्जाओं को स्वीकार करके तथा सम्मान करके हम सृजन के अपने आंतरिक नृत्य में सामंजस्य बिठाते हैं।

विरोधियों का संघ

शिव की शिक्षाएँ हमें जीवन के विरोधाभासों और द्वंद्वों को अपनाने के लिए हमारा मार्गदर्शन करती हैं। विरोधी ताकतों के बीच संतुलन का बिंदु ढूँढ़कर हम संघर्षों को विकास और समझ के अवसरों में बदल देते हैं तथा खुद को ब्रह्मांडीय नृत्य के साथ संरेखित करते हैं।

परिवर्तन के प्रति समर्पण

शिव की शिक्षाएँ हमें जीवन के प्रवाह के प्रति समर्पण करने के लिए हमारा मार्गदर्शन करती हैं, यह समझते हुए कि परिवर्तन ही वह निरंतर शक्ति है, जो हमें आगे बढ़ाती है। प्रतिरोध को त्यागकर और खुले मन से परिवर्तन को अपनाकर हम अनुग्रह एवं लचीलेपन के साथ परिवर्तन की लहरों पर सवार होते हैं।

शिव की शिक्षाएँ हमें चुनौतियों और कठिनाइयों को विकास के अवसर के रूप में देखने के लिए हमारा मार्गदर्शन करती हैं। आंतरिक चिंतन में संलग्न होकर और अपने अनुभवों से सीखकर हम विकसित होते हैं तथा ब्रह्मांडीय नृत्य के साथ अधिक संरेखित हो जाते हैं।

शिव की शिक्षाएँ हमें जीवन की बदलती हुई परिस्थितियों के बीच आंतरिक शांति विकसित करने के लिए हमारा मार्गदर्शन करती हैं। स्वयं को वर्तमान क्षण में स्थापित करके और अपने अस्तित्व के मौन मूल तक पहुँचकर हम शांत एवं केंद्रित मन के साथ सृजन के नृत्य में आगे बढ़ते हैं।

शिव की शिक्षाएँ हमें सृष्टि की विविध अभिव्यक्तियों में अंतर्निहित एकता को समझने में हमारा मार्गदर्शन करती हैं। सभी जीवनों की परस्पर संबद्धता को पहचानकर हम सहानुभूति एवं करुणा विकसित करते हैं और साझा उद्देश्य की भावना के साथ सृजन के नृत्य में भाग लेते हैं।

लौकिक नृत्य को अपनाना

शिव की अंतर्दृष्टि हमें सहयोगियों के साथ विरोधियों का मिलन, अनुग्रह के माध्यम से परिवर्तन के लिए समर्पण और इससे भी अधिक, हम सीखते

हैं कि जीवन का नृत्य एक रैखिक प्रगति नहीं है, बल्कि एक बहुआयामी अभिव्यक्ति है।

शिव का ज्ञान हमें जीवन को विस्मय और आश्चर्य की भावना के साथ देखने और खुले मन एवं खुले हृदय के साथ सृजन के नृत्य में भाग लेने के लिए प्रोत्साहित करता है। इन अंतर्दृष्टियों को अपने दैनिक जीवन में शामिल करके हम परिवर्तन को अपनाते हैं, अराजकता के बीच संतुलन ढूँढ़ते हैं और खुद को ब्रह्मांड की लय के साथ संरेखित करते हैं। सृष्टि के नृत्य पर शिव की शिक्षाओं के माध्यम से हम आत्म-खोज और परिवर्तन की यात्रा पर निकलते हैं, जो सभी चीजों से बहने वाली शाश्वत लय द्वारा निर्देशित होती है।

□

34

आत्मज्ञान का द्वार

आत्मज्ञान आध्यात्मिक विकास का शिखर है—गहन आत्म-बोध की स्थिति, जो अहंकार की सीमाओं को पार करती है और हमारे वास्तविक स्वरूप के सार को उजागर करती है। भगवान् शिव परम योगी और सर्वोच्च चेतना के प्रतीक, मुक्ति के मार्ग में गहन अंतर्दृष्टि प्रदान करते हैं, हमें आत्म-खोज, आंतरिक स्वतंत्रता और परमात्मा के साथ मिलन की ओर हमारा मार्गदर्शन करते हैं।

योगेश्वर के रूप में शिव

'योगेश्वर' के रूप में शिव की उपाधि उनके यौगिक निपुणता के अवतार को दरशाती है। शिव की शिक्षाएँ हमें यह पहचानने के लिए मार्गदर्शन करती हैं कि आत्मज्ञान कोई बौद्धिक खोज नहीं है, बल्कि एक प्रत्यक्ष अनुभव है, जो आंतरिक प्रभुत्व से उत्पन्न होता है। ध्यान, आत्म-अनुशासन और आत्म-जाँच जैसी योग क्रियाओं को अपनाकर हम आत्म-खोज की यात्रा पर निकलते हैं, जो हमें आत्मज्ञान के प्रकाश की ओर ले जाती हैं।

शिव की शिक्षाएँ हमें यह समझने में मार्गदर्शन करती हैं कि आत्मज्ञान अहंकार की सीमाओं को पार करने और सार्वभौमिक चेतना के साथ विलय करने की एक प्रक्रिया है। यह पहचानकर कि हमारी व्यक्तिगत पहचान एक क्षणिक भ्रम है, हम स्वयं को आत्मज्ञान के असीमित विस्तार के लिए खोल देते हैं।

परमात्मा के साथ मिलन

शिव की शिक्षाएँ हमें यह एहसास कराने के लिए हमारा मार्गदर्शन करती हैं कि आत्मज्ञान परम वास्तविकता के साथ मिलन की स्थिति है। अपने भीतर और संपूर्ण अस्तित्व में परमात्मा की खोज करके हम उन बाधाओं को दूर करते हैं, जो हमें सत्य से अलग करती हैं और परम मुक्ति प्राप्त करती हैं।

चेतना का प्रकाश

शिव की कृपा मुक्ति के मार्ग पर चलने वाली चेतना के प्रकाश का प्रतिनिधित्व करती है। शिव की शिक्षाएँ हमें यह पहचानने के लिए मार्गदर्शन करती हैं कि आत्मज्ञान कोई ऐसी चीज नहीं है, जिसे हम केवल प्रयास के माध्यम से प्राप्त करते हैं; बल्कि एक कृपा है, जो हम पर तब उतरती है, जब हम तैयार होते हैं। विनम्रता, समर्पण और भक्ति का विकास करके हम दैवीय कृपा को आमंत्रित करते हैं, जो मुक्ति की और हमारी यात्रा को तेज करती है।

साधक का अनुशासन

शिव की शिक्षाएँ हमें यह समझने में मार्गदर्शन करती हैं कि आत्मज्ञान की यात्रा आंतरिक परिवर्तन की माँग करती है। धैर्य, दृढ़ता और वैराग्य जैसे गुणों को विकसित करके हम अपनी चेतना को शुद्ध करते हैं और उन परदों को हटाते हैं, जो हमारे वास्तविक स्वरूप को अस्पष्ट करते हैं।

मन के आवरणों से परे

शिव की ध्यानावस्था भ्रम के परदों से परे मन की स्थिति का उदाहरण देती है। शिव की शिक्षाएँ हमें यह पहचानने के लिए हमारा मार्गदर्शन करती हैं कि आत्मज्ञान प्रत्यक्ष अनुभूति की एक स्थिति है, जो सोचने वाले दिमाग की सीमाओं को पार करती है। विचार से परे जाकर और भीतर की शांति को अपनाकर हम उस शुद्ध चेतना तक पहुँचते हैं, जो आत्मज्ञान की नींव है।

आंतरिक अंतर्दृष्टि का विस्तार

शिव की शिक्षाएँ हमें दिखावे से परे सत्य को समझने की क्षमता विकसित करने के लिए मार्गदर्शन करती हैं। अंतर्ज्ञान और प्रत्यक्ष ज्ञान की आंतरिक आँख को जाग्रत् करके हम भ्रम की परतों को भेदते हैं और सीधे आत्मज्ञान की वास्तविकता का अनुभव करते हैं।

मुक्ति के मार्ग पर अग्रसर होना

मुक्ति के मार्ग में शिव की अंतर्दृष्टि हमें आत्म-बोध, आंतरिक स्वतंत्रता और परमात्मा के साथ अंतिम मिलन की यात्रा पर जाने के लिए हमारा मार्गदर्शन करती है। योगेश्वर की निपुणता की समझ के माध्यम से हम सीखते हैं कि आत्मज्ञान एक अप्राप्य आदर्श नहीं है, बल्कि एक परिवर्तनकारी यात्रा है, जिसे हम में से प्रत्येक अपना सकता है।

शिव का ज्ञान हमें उन क्रियाओं में संलग्न होने के लिए प्रोत्साहित करता है, जो हमें अहंकार की सीमाओं से परे ले जाती हैं और हमारे अस्तित्व की सच्चाई के लिए हमारे हृदय खोलती हैं। इन अंतर्दृष्टियों को अपनी आध्यात्मिक यात्रा में शामिल करके हम खुद को अज्ञानता के बंधनों से मुक्त करते हैं और आत्मज्ञान के उज्ज्वल प्रकाश में कदम रखते हैं। मुक्ति के मार्ग पर शिव की शिक्षाओं के माध्यम से हम अपने वास्तविक स्वरूप के प्रवेश द्वार और अपनी उच्चतम क्षमता की अंतिम प्राप्ति की खोज करते हैं।

□

35

प्रकृति के चक्र

हमारे चारों ओर की दुनिया सामंजस्यपूर्ण चक्रों में संचालित होती है, जो जन्म, विकास, क्षय और नवीनीकरण की लय को प्रतिध्वनित करती है। भगवान् शिव ब्रह्मांडीय नर्तक और प्रकृति के चक्रों का प्रतीक हैं, जो हमें जीवन की लय को अपनाने में निहित ज्ञान की याद दिलाते हैं। प्राकृतिक लय पर उनकी शिक्षाएँ हमें अस्तित्व की चक्रीय प्रकृति को समझने, समय के प्रवाह के साथ संरेखण खोजने और हमारे जीवन को बड़े ब्रह्मांडीय क्रम के साथ सामंजस्य बनाने की दिशा में हमारा मार्गदर्शन करती हैं।

जीवन चक्रों का नृत्य

शिव की शिक्षाएँ हमें यह पहचानने के लिए मार्गदर्शन करती हैं कि जीवन चक्रों का एक नृत्य है तथा प्रत्येक चरण का अपना उद्देश्य और महत्त्व है। परिवर्तन को अपनाने और यह समझने से कि प्रत्येक चरण ब्रह्मांडीय नृत्य में एक कदम है, हम जीवन के बदलावों में अनुग्रह पाते हैं।

जन्म और मृत्यु की लय

शिव की शिक्षाएँ हमें यह समझने में हमारा मार्गदर्शन करती हैं कि जीवन और मृत्यु के चक्र अलग-अलग नहीं हैं, बल्कि एक ही नृत्य के परस्पर जुड़े हुए हिस्से हैं। सभी चीजों की नश्वरता को स्वीकार करके हम आसक्ति को

छोड़ देते हैं और अस्तित्व की सदैव बहने वाली नदी के प्रति गहरी सराहना पैदा करते हैं।

जीवन के चरणों का पोषण

शिव की शिक्षाएँ हमें यह पहचानने में हमारा मार्गदर्शन करती हैं कि जीवन के प्रत्येक चरण का अपना अनूठा मूल्य है। सृजन, संरक्षण और परिवर्तन की भूमिकाओं को अपनाकर हम अस्तित्व के महान् नृत्य में योगदान करते हैं और हर चरण में पूर्णता पाते हैं।

ब्रह्मांडीय व्यवस्था के प्रति समर्पण

शिव की कृपा उस ब्रह्मांडीय व्यवस्था के प्रति समर्पण का प्रतिनिधित्व करती है, जो प्रकृति के चक्रों को नियंत्रित करती है। शिव की शिक्षाएँ हमें जीवन की प्राकृतिक लय के साथ तालमेल बिठाने के लिए हमारा मार्गदर्शन करती हैं। नियंत्रण की आवश्यकता को छोड़कर और ब्रह्मांड के ज्ञान पर भरोसा करके हम शांति एवं स्वीकृति की भावना के साथ जीवन के उतार-चढ़ाव को पार करते हैं।

परिवर्तन को अपनाना

शिव की शिक्षाएँ हमें यह समझने के लिए हमारा मार्गदर्शन करती हैं कि परिवर्तन का प्रतिरोध दुःख को जन्म देता है। अनुकूलनशीलता, लचीलापन और खुले मन की खेती करके हम जीवन की धाराओं के साथ बहते हैं और प्रकृति के चक्रों में अनुग्रह के साथ आगे बढ़ते हैं।

प्रवाह का साक्षी होना

शिव की शिक्षाएँ हमें राग या द्वेष के बिना अपने आसपास के परिवर्तनों का निरीक्षण करने के लिए हमारा मार्गदर्शन करती हैं। सचेतनता विकसित करके और वर्तमान समय में निरंतर परिवर्तनशील बने रहकर हम प्राकृतिक दुनिया और इसकी शाश्वत लय के साथ अपने संबंध को गहरा करते हैं।

एकता को देखना

शिव की शिक्षाएँ हमें उस एकता को समझने में मार्गदर्शन करती हैं, जो चक्रों की विविधता को रेखांकित करती हैं। सभी जीवन के अंतर्संबंध और अस्तित्व की चक्रीय प्रकृति को पहचानकर हम बड़े ब्रह्मांडीय क्रम से संबंधित होने की गहरी भावना विकसित करते हैं।

जीवन के नृत्य को अपनाना

प्रकृति के चक्रों में शिव की अंतर्दृष्टि हमें ब्रह्मांड की बड़ी लय के साथ अपने जीवन का सामंजस्य बनाने में मार्गदर्शन करती है। जन्म और मृत्यु की लय, अनुग्रह के माध्यम से ब्रह्मांडीय व्यवस्था के प्रति समर्पण, ध्यान में प्रवाह को देखना—के साथ एकता का अनुभव करके हम सीखते हैं कि जीवन की यात्रा एक रेखीय पथ नहीं, बल्कि एक चक्रीय नृत्य है।

शिव का ज्ञान हमें जन्म, विकास, क्षय और नवीकरण के चक्रों का सम्मान करते हुए जीवन की प्राकृतिक लय में खुद को ढालने के लिए प्रोत्साहित करता है। इन अंतर्दृष्टियों को अपने दैनिक जीवन में शामिल करके हम परिवर्तन के बीच में शांति पाते हैं, ब्रह्मांड के साथ अपने संबंध को गहरा करते हैं और प्रकृति के शाश्वत नृत्य के साथ सद्भाव में रहते हैं। प्रकृति के चक्रों पर शिव की शिक्षाओं के माध्यम से हम ज्ञान का एक गहरा स्रोत खोजते हैं, जो हमें अनुग्रह एवं अंतर्दृष्टि के साथ जीवन के हमेशा घूमने वाले पहिए को चलाने में सक्षम बनाता है।

□

36

ध्यान, शांति और योग

हम जिस तेज-तर्रार और शोर-शराबे वाली दुनिया में रहते हैं, ध्यान व शांति के क्षण ढूँढ़ना हमारी भलाई तथा आध्यात्मिक विकास के लिए आवश्यक है। परम योगी और शांति के अवतार भगवान् शिव ध्यान के अभ्यास और आंतरिक शांति की उत्पत्ति में गहन अंतर्दृष्टि प्रदान करते हैं। ध्यान पर उनकी शिक्षाएँ हमें गहरी शांति, उन्नत आत्म-जागरूकता और परमात्मा के साथ एक मजबूत संबंध की ओर हमारा मार्गदर्शन करती हैं।

ध्यान के स्वामी शिव

शिव की शिक्षाएँ हमें यह पहचानने के लिए मार्गदर्शन करती हैं कि ध्यान केवल एक तकनीक नहीं, बल्कि अस्तित्व की एक अवस्था है। यह समझकर कि ध्यान चेतना की एक प्राकृतिक अवस्था है, हम स्वयं को आंतरिक शांति की परिवर्तनकारी शक्ति के लिए खोलते हैं।

आंतरिक मौन का नृत्य

शिव की शिक्षाएँ हमें यह समझने में हमारा मार्गदर्शन करती हैं कि विचारों और भावनाओं की अराजकता के नीचे गहन शांति का स्थान छिपा है। नियमित ध्यान में संलग्न होकर हम मन की बातचीत को शांत करते हैं और भीतर मौजूद शांति तक पहुँचते हैं।

गतिविधि और शांति में संतुलन

शिव की शिक्षाएँ हमें ध्यान को अपने दैनिक जीवन में एकीकृत करने के लिए हमारा मार्गदर्शन करती हैं। यह पहचानकर कि ध्यान किसी विशिष्ट समय या स्थान तक ही सीमित नहीं है, हम अपने व्यस्त कार्यक्रमों के बीच शांति के क्षण पाते हैं, जिससे सद्भाव की भावना को बढ़ावा मिलता है।

उत्कृष्टता का प्रवेश द्वार

शिव की कृपा पारगमन के प्रवेश द्वार का प्रतिनिधित्व करती है, जो ध्यान से खुलता है। शिव की शिक्षाएँ हमें यह समझने में हमारा मार्गदर्शन करती हैं कि ध्यान के माध्यम से हम अहंकार की सीमाओं को पार कर सकते हैं और अपने उच्च 'स्व' से जुड़ सकते हैं। ध्यान की कृपा को आमंत्रित करके हम जीवन की चुनौतियों का अधिक आसानी और स्पष्टता से सामना करते हैं।

शिव की शिक्षाएँ हमें यह पहचानने के लिए हमारा मार्गदर्शन करती हैं कि ध्यान के लिए निरंतर अभ्यास की आवश्यकता होती है। प्रत्येक दिन ध्यान के लिए समय समर्पित करके हम बाहरी दुनिया से अलग होने और अपना ध्यान अंदर की ओर मोड़ने की क्षमता विकसित करते हैं।

आंतरिक ज्ञान तक पहुँचना

शिव की ध्यानावस्था ध्यान से उत्पन्न होने वाले गहन ज्ञान का उदाहरण है। शिव की शिक्षाएँ हमें ध्यान को आत्म-खोज की प्रक्रिया के रूप में देखने के लिए हमारा मार्गदर्शन करती हैं। अपने विचारों एवं भावनाओं की सतह से परे जाकर हम अपनी चेतना की गहरी परतों तक पहुँचते हैं और अंतर्दृष्टि व समाधानों को उजागर करते हैं, जो प्रभावी जीवन-प्रबंधन की ओर ले जाते हैं।

जागरूकता का विस्तार

शिव की शिक्षाएँ हमें यह पहचानने के लिए हमारा मार्गदर्शन करती हैं कि ध्यान हमारी जागरूकता को सोचने वाले मस्तिष्क की सीमाओं से

परे विस्तारित करता है। ध्यान के माध्यम से खुद को वर्तमान क्षण के साथ जोड़कर हम जीवन की सूक्ष्मताओं के प्रति अधिक अभ्यस्त हो जाते हैं तथा जानकारीपूर्ण व सचेत विकल्प चुनते हैं।

शांति विकसित करना

ध्यान एवं शांति में शिव की अंतर्दृष्टि हमें आंतरिक शांति विकसित करने और जीवन को प्रभावी ढंग से प्रबंधित करने की हमारी क्षमता को बढ़ाने के लिए मार्गदर्शन करती है। ध्यान में आंतरिक ज्ञान तक पहुँचना और इससे भी अधिक, हम सीखते हैं कि ध्यान कोई विलासिता नहीं है, बल्कि हमारे जीवन को स्पष्टता एवं उद्देश्य के साथ प्रबंधित करने का एक महत्त्वपूर्ण उपकरण है।

शिव का ज्ञान हमें ध्यान को प्राथमिकता देने के लिए प्रोत्साहित करता है, यह पहचानते हुए कि शांति के जो क्षण हम अपने भीतर विकसित करते हैं, उनका हमारे जीवन की गुणवत्ता पर गहरा प्रभाव पड़ता है। इन अंतर्दृष्टियों को अपनी दैनिक दिनचर्या में शामिल करके हम केंद्रित रहने, सचेत विकल्प बनाने और जीवन की चुनौतियों के बीच शांति की अधिक भावना का अनुभव करने की अपनी क्षमता बढ़ाते हैं। ध्यान एवं शांति पर शिव की शिक्षाओं के माध्यम से हम एक परिवर्तनकारी यात्रा पर निकलते हैं, जो हमें गहन आंतरिक शांति और प्रभावी जीवन-प्रबंधन की स्थिति में ले जाती है।

योग के संरक्षक शिव

योग एक शाश्वत अभ्यास है, जो शरीर, मन एवं आत्मा को एकजुट करता है और समग्र कल्याण तथा आत्म-प्राप्ति को बढ़ावा देता है। भगवान् शिव परम योगी और योग के संरक्षक, आसन (योग मुद्रा) के अभ्यास और शारीरिक, मानसिक व आध्यात्मिक संतुलन प्राप्त करने में उनके महत्त्व के बारे में गहन अंतर्दृष्टि प्रदान करते हैं। आसन पर उनकी शिक्षाएँ हमें अपने

शरीर के साथ सामंजस्यपूर्ण संबंध, बढ़ी हुई जीवन-शक्ति और परमात्मा के साथ गहरे संबंध की ओर हमारा मार्गदर्शन करती हैं।

शिव की शिक्षाएँ हमें यह पहचानने के लिए मार्गदर्शन करती हैं कि योग केवल एक शारीरिक व्यायाम नहीं है, बल्कि आत्म-प्राप्ति का एक व्यापक मार्ग है। योग को एक समग्र अभ्यास के रूप में अपनाकर हम आत्म-खोज और परिवर्तन की यात्रा में संलग्न होते हैं।

आसन या योग मुद्राएँ शारीरिक संरेखण, संतुलन और सद्भाव को बढ़ावा देती हैं। आसन का अभ्यास करके हम अपने शरीर के बारे में अधिक जागरूकता पैदा करते हैं और उन तरीकों से चलना सीखते हैं, जो हमारे समग्र कल्याण को बढ़ाते हैं।

आसन हमारे भीतर पुरुष और स्त्री पहलुओं में सामंजस्य स्थापित करते हैं। आसन का अभ्यास करके हम अपनी ऊर्जा को संतुलित करते हैं और आत्म-विकास के लिए एक स्थिर आधार बनाते हैं। शिव की कृपा उस जीवन-शक्ति और कल्याण का प्रतिनिधित्व करती है, जो लगातार आसन अभ्यास से उत्पन्न होती है। शिव की शिक्षाएँ हमें यह पहचानने के लिए हमारा मार्गदर्शन करती हैं कि आसन का हमारे शारीरिक स्वास्थ्य पर गहरा प्रभाव पड़ता है। नियमित आसन अभ्यास में संलग्न होकर हम अपने शरीर को मजबूत बनाते हैं, लचीलेपन को बढ़ाते हैं और अपनी ऊर्जा के स्तर को बढ़ाते हैं।

शरीर का अनुशासन

शिव की शिक्षाएँ हमें यह समझने में मार्गदर्शन करती हैं कि आसन के लिए समर्पण और धैर्य की आवश्यकता होती है। अपने अभ्यास को अनुशासन और प्रतिबद्धता के साथ अपनाकर हम शारीरिक व मानसिक विकास के लिए एक मजबूत आधार बनाते हैं।

शिव की शिक्षाएँ हमें आसन को गतिशील ध्यान के रूप में देखने के लिए हमारा मार्गदर्शन करती हैं। प्रत्येक गतिविधि में सचेतनता और उपस्थिति

लाकर हम वर्तमान क्षण के साथ अपना संबंध गहरा करते हैं और आसन की परिवर्तनकारी शक्ति का अनुभव करते हैं।

आंतरिक जागरूकता

शिव की शिक्षाएँ हमें आसन अभ्यास के माध्यम से आंतरिक जागरूकता पैदा करने के लिए हमारा मार्गदर्शन करती हैं। आसन के दौरान अपने शरीर की संवेदनाओं और प्रतिक्रियाओं पर ध्यान देकर हम आत्म-जागरूकता की एक गहरी भावना विकसित करते हैं, जो आसन से परे तक फैली हुई है।

योग की परिवर्तनकारी क्षमता

आसन अभ्यास में शिव की अंतर्दृष्टि हमें समग्र कल्याण के लिए योग की परिवर्तनकारी क्षमता का उपयोग करने के लिए मार्गदर्शन करती है। गतिशील ध्यान, आंतरिक जागरूकता और इससे भी अधिक, हम सीखते हैं कि योग एक शारीरिक दिनचर्या तक ही सीमित नहीं है, बल्कि एक व्यापक प्रणाली है, जो हमारे संपूर्ण अस्तित्व में सामंजस्य स्थापित करती है।

शिव का ज्ञान हमें आसन अभ्यास को श्रद्धा और जागरूकता के साथ करने के लिए प्रोत्साहित करता है, यह पहचानते हुए कि लाभ भौतिक क्षेत्र से कहीं आगे तक फैला हुआ है। इन अंतर्दृष्टियों को अपनी योग यात्रा में शामिल करके हम अपने शरीर के साथ गहरा संबंध विकसित करते हैं, एक संतुलित व सामंजस्यपूर्ण अस्तित्व को बढ़ावा देते हैं और स्वयं को योग के परिवर्तनकारी सार के साथ जोड़ते हैं। आसन ज्ञान पर शिव की शिक्षाओं के माध्यम से हम योग के संरक्षक का सम्मान करते हैं और आत्म-खोज एवं कल्याण की यात्रा पर निकलते हैं, जो शरीर, मन व आत्मा के दायरे तक फैली हुई है।

□

37

परमात्मा के साथ विलय

एकता की खोज मानव आध्यात्मिकता का एक मूलभूत पहलू है—हमारी वास्तविक प्रकृति और उस दिव्य स्रोत के साथ फिर से जुड़ने की एक सहज लालसा, जहाँ से सारा जीवन उत्पन्न होता है। भगवान् शिव एकता और एकत्व के प्रतीक, परमात्मा के साथ विलय की यात्रा में गहन अंतर्दृष्टि प्रदान करते हैं। उनकी शिक्षाएँ हमें सभी अस्तित्वों के अंतर्निहित अंतर्संबंध को पहचानने, ब्रह्मांड के साथ हमारी आवश्यक एकता का एहसास करने और एकता की गहन स्थिति का अनुभव करने की दिशा में हमारा मार्गदर्शन करती हैं।

अद्वैत के शिक्षक

अद्वैत गुरु के रूप में शिव की उपाधि अद्वैत के शिक्षक के रूप में उनकी भूमिका को दरशाती हैं। शिव की शिक्षाएँ हमें यह समझने में हमारा मार्गदर्शन करती हैं कि स्वयं और दूसरे के बीच अलगाव एक भ्रम है। यह पहचानकर कि सबकुछ आपस में जुड़ा हुआ है और एक ही ब्रह्मांडीय बुनावट का हिस्सा है, हम परमात्मा के साथ विलय की दिशा में यात्रा शुरू करते हैं।

शिव की शिक्षाएँ हमें सृष्टि के दिव्य नृत्य को विविधता में एकता की अभिव्यक्ति के रूप में देखने के लिए मार्गदर्शन करती हैं। सभी जीवन रूपों के

अंतर्संबंध को अपनाकर हमें यह समझ में आता है कि ब्रह्मांड एक विलक्षण ब्रह्मांडीय चेतना की अभिव्यक्ति है।

परमात्मा के साथ मिलन

शिव की शिक्षाएँ हमें यह एहसास कराने के लिए हमारा मार्गदर्शन करती हैं कि हमारा सार परम वास्तविकता से अलग नहीं है। अपने भीतर और संपूर्ण अस्तित्व में परमात्मा की तलाश करके हम उन बाधाओं को दूर कर देते हैं, जो हमारी सहज एकता को अस्पष्ट करती हैं।

माया से परे

शिव की कृपा उस कृपा का प्रतिनिधित्व करती है, जो तब उतरती है, जब हम अलगाव के भ्रम को पार कर जाते हैं। शिव की शिक्षाएँ हमें यह समझने के लिए मार्गदर्शन करती हैं कि एकता एक बौद्धिक अवधारणा नहीं है, बल्कि अस्तित्व की एक अवस्था है। एकता की संभावना के लिए अपने मन और मस्तिष्क को खोलकर हम स्वयं को उस दिव्य प्रवाह के साथ जोड़ते हैं, जो हमें एकता की ओर ले जाता है।

अहंकार को नष्ट करना

तपस्या परमात्मा के साथ हमारी एकता का एहसास करने के लिए अहंकार को विघटित करने की प्रक्रिया का प्रतीक है। शिव की शिक्षाएँ हमें यह पहचानने के लिए हमारा मार्गदर्शन करती हैं कि अहंकार अपने लगाव और पहचान के साथ अलगाव का भ्रम पैदा करता है। आत्म-जागरूकता और वैराग्य को विकसित करके हम परमात्मा के साथ विलय के करीब पहुँचते हैं।

शांति में मिलन

शिव की शिक्षाएँ हमें यह समझने के लिए मार्गदर्शन करती हैं कि ध्यान एकता का अनुभव करने का एक द्वार है। मन की बातचीत को पार करके

और शांति की स्थिति में प्रवेश करके हम उस कालातीत सार से जुड़ते हैं, जो सभी प्राणियों को एकजुट करता है।

एक को समझना

शिव की शिक्षाएँ हमें उस अंतर्निहित एकता को समझने में हमारा मार्गदर्शन करती हैं, जो सतही दिखावे से परे हैं। अंतर्ज्ञान की आंतरिक आँख को जाग्रत् करके हम द्वंद्व की सीमाओं से परे जाते हैं और संपूर्ण सृष्टि में व्याप्त एकता का अनुभव करते हैं।

ईश्वरीय एकता को अपनाना

परमात्मा के साथ विलय में शिव की अंतर्दृष्टि हमें अहंकार की सीमाओं को पार करने और एकता की गहन स्थिति का अनुभव करने के लिए हमारा मार्गदर्शन करती हैं। अद्वैत गुरु की भूमिका की समझ के माध्यम से भ्रम को पार करना, तप द्वारा अहंकार को भंग करना, ध्यान के माध्यम से शांति में मिलन और इससे भी अधिक हम सीखते हैं कि परमात्मा के साथ विलय की यात्रा हमारी आवश्यक एकता को याद रखने, फिर से जुड़ने और महसूस करने की यात्रा है।

शिव का ज्ञान हमें द्वैतवादी सोच की सीमाओं को पार करने और संपूर्ण अस्तित्व के साथ हमारे अंतर्संबंध की सच्चाई को अपनाने के लिए प्रोत्साहित करता है। इन अंतर्दृष्टियों को अपने दैनिक जीवन में शामिल करके हम सभी जीवन रूपों के लिए एकता, करुणा और श्रद्धा की भावना को बढ़ावा देते हैं। परमात्मा के साथ विलय पर शिव की शिक्षाओं के माध्यम से हम एक परिवर्तनकारी यात्रा पर निकलते हैं, जो हमें एकता और पूर्णता की अंतिम स्थिति तक ले जाती है।

□

38

त्याग एवं समर्पण

भक्ति एक बलशाली शक्ति है, जो व्यक्ति की आत्मा को परमात्मा से जोड़ती है। भक्ति के प्रतीक भगवान् शिव परमात्मा के साथ हमारे संबंध को गहरा करने के साधन के रूप में समर्पण और बलिदान के मार्ग का उदाहरण देते हैं। उनकी शिक्षाएँ हमें भक्ति की परिवर्तनकारी शक्ति, जाने देने के महत्त्व और बृहत्तर ब्रह्मांडीय व्यवस्था की सेवा में स्वयं को अर्पित करने की सुंदरता को समझने की दिशा में मार्गदर्शन करती हैं।

ईश्वर के भक्त

भक्त के रूप में शिव की उपाधि एक समर्पित आत्मा के रूप में उनकी भूमिका को उजागर करती है, जो समर्पण और बलिदान का अभ्यास करती है। शिव की शिक्षाएँ हमें यह पहचानने के लिए मार्गदर्शन करती हैं कि भक्ति केवल एक बाहरी अभिव्यक्ति नहीं है, बल्कि हृदय की स्थिति है। भक्ति के गुणों को अपनाकर हम परमात्मा के साथ गहरा संबंध विकसित करते हैं।

शिव की शिक्षाएँ हमें यह समझने के लिए हमारा मार्गदर्शन करती हैं कि समर्पण कमजोरी का प्रतीक नहीं है, बल्कि विश्वास का संकेत है। नियंत्रण की आवश्यकता को छोड़कर और स्वयं को दैवीय प्रवाह के प्रति समर्पित करके हम स्वतंत्रता एवं संरेखण की गहरी भावना का अनुभव करते हैं।

दिव्य मिलन के माध्यम से भक्ति

शिव की शिक्षाएँ हमें यह एहसास कराने के लिए मार्गदर्शन करती हैं कि भक्ति दिव्य मिलन का मार्ग है। प्रेम और श्रद्धा में अपना हृदय खोलकर हम एक पवित्र स्थान में प्रवेश करते हैं, जहाँ हम दिव्य उपस्थिति में विलीन हो जाते हैं।

दिव्य आशीर्वाद प्राप्त करना

शिव की कृपा उन आशीर्वादों का प्रतिनिधित्व करती है, जो समर्पित हृदय पर उतरते हैं। शिव की शिक्षाएँ हमें यह समझने में मार्गदर्शन करती हैं कि भक्ति हमारे जीवन में दिव्य कृपा को आमंत्रित करती है। विनम्रता और ग्रहणशीलता का दृष्टिकोण विकसित करके हम उस परिवर्तनकारी ऊर्जा को आकर्षित करते हैं, जो आत्म-प्राप्ति की हमारी यात्रा का समर्थन करती है।

विकास के लिए बलिदान

आध्यात्मिक विकास के लिए बलिदान आवश्यक है। शिव की शिक्षाएँ हमें यह पहचानने के लिए हमारा मार्गदर्शन करती हैं कि बलिदान अभाव के बारे में नहीं है, बल्कि उन आसक्तियों को दूर करने के बारे में है, जो हमारी आध्यात्मिक प्रगति गें बाधा बनती हैं। सादगी और अनासक्ति को अपनाकर हम उच्च चेतना के प्रवेश के लिए जगह बनाते हैं।

शिव का ध्यान : स्वयं को अर्पित करना

ध्यान की स्थिति आत्म-बलिदान का उदाहरण है, जो भक्ति में निहित है। शिव की शिक्षाएँ हमें ध्यान को समर्पण के कार्य के रूप में देखने के लिए मार्गदर्शन करती हैं। अहंकार के साथ अपनी पहचान को मुक्त करके और ब्रह्मांडीय चेतना के साथ विलय करके हम एकता व भक्ति की गहरी भावना का अनुभव करते हैं।

भक्ति की दृष्टि

शिव की शिक्षाएँ हमें भक्ति के चश्मे से दुनिया को देखने में हमारा मार्गदर्शन करती हैं। संपूर्ण सृष्टि के प्रति कृतज्ञता और श्रद्धा का दृष्टिकोण विकसित करके हम परस्पर जुड़ाव और भक्ति की एक उच्च भावना विकसित करते हैं।

भक्ति की लौ का पोषण

त्याग और समर्पण के बारे में शिव की अंतर्दृष्टि हमें भक्ति की लौ को पोषित करने और परमात्मा के साथ हमारे संबंध को गहरा करने के लिए हमारा मार्गदर्शन करती है। अनुग्रह के माध्यम से दिव्य आशीर्वाद प्राप्त करना, तपस्या में आध्यात्मिक विकास के लिए बलिदान, ध्यान में स्वयं को अर्पित करना और इससे भी अधिक, हम सीखते हैं कि भक्ति केवल एक बाहरी अनुष्ठान नहीं है, बल्कि जीने और जीने का एक तरीका है।

शिव का ज्ञान हमें जीवन को भक्ति से भरे हृदय के साथ अपनाने तथा चुनौतियों और आशीर्वाद दोनों को परमात्मा के साथ हमारे संबंध को गहरा करने के अवसर के रूप में स्वीकार करने के लिए प्रोत्साहित करता है। इन अंतर्दृष्टियों को अपने दैनिक जीवन में शामिल करके हम समर्पण और बलिदान की परिवर्तनकारी शक्ति की खोज करते हैं, भक्ति की स्थिति विकसित करते हैं, जो हमारे अस्तित्व के हर पहलू को प्रभावित करती है। त्याग और समर्पण पर शिव की शिक्षाओं के माध्यम से हम भक्ति की एक गहन यात्रा पर निकलते हैं, जो हमारे जीवन को समृद्ध बनाती है और हमें परमात्मा के करीब ले जाती है।

त्याग का मार्ग

त्याग का मार्ग एक गहन आध्यात्मिक यात्रा है, जिसमें चेतना की उच्च अवस्था प्राप्त करने के लिए सांसारिक आसक्तियों को छोड़ना शामिल है। भगवान् शिव परम तपस्वी, भौतिक इच्छाओं को पार करने और स्वयं की

वास्तविक प्रकृति की खोज के साधन के रूप में त्याग के मार्ग का उदाहरण देते हैं। तपस्या पर उनकी शिक्षाएँ हमें त्याग की परिवर्तनकारी शक्ति, वैराग्य के महत्त्व और सरल व उद्देश्यपूर्ण जीवन जीने से मिलने वाली स्वतंत्रता को समझने की दिशा में हमारा मार्गदर्शन करती हैं।

सर्वोच्च तपस्वी

योगी के रूप में शिव की उपाधि सर्वोच्च तपस्वी के रूप में उनकी भूमिका को दरशाती है, जो त्याग के सिद्धांतों का प्रतीक है। शिव की शिक्षाएँ हमें यह पहचानने के लिए मार्गदर्शन करती हैं कि तपस्या जीवन से वापसी के बारे में नहीं है, बल्कि आध्यात्मिक विकास की ओर अपना ध्यान केंद्रित करने के बारे में है। त्याग का मार्ग अपनाकर हम अपने वास्तविक सार की गहरी समझ जाग्रत् करते हैं और आसक्तियों को त्यागकर हम आंतरिक विकास एवं आध्यात्मिक विकास के लिए जगह बनाते हैं।

शिव की शिक्षाएँ हमें यह एहसास कराने के लिए हमारा मार्गदर्शन करती हैं कि वैराग्य उच्च 'स्व' के साथ गहरे संबंध की ओर ले जाता है। बाहरी दुनिया के साथ अपनी पहचान बनाकर हम मुक्ति और आंतरिक शांति की भावना का अनुभव करते हैं।

सादगी का आशीर्वाद

शिव की कृपा उन आशीर्वादों का प्रतिनिधित्व करती है, जो सरल और सुव्यवस्थित जीवन जीने से उत्पन्न होते हैं। शिव की शिक्षाएँ हमें यह समझने में मार्गदर्शन करती हैं कि सादगी तपस्या का एक प्रमुख पहलू है। अपने जीवन को अव्यवस्थित करके और सादगी को अपनाकर हम आध्यात्मिक विकास एवं आत्म-खोज के लिए अनुकूल वातावरण बनाते हैं।

मन का अनुशासन

शिव की शिक्षाएँ हमें यह पहचानने के लिए हमारा मार्गदर्शन करती हैं कि मन अपनी निरंतर लालसाओं और व्याकुलताओं के साथ दुःख का स्रोत

है। मानसिक अनुशासन का अभ्यास करके और आंतरिक मौन विकसित करके हम चेतना की उच्च अवस्थाओं के लिए मार्ग प्रशस्त करते हैं।

शिव की शिक्षाएँ हमें ध्यान को अंदर की ओर मुड़ने और अपनी चेतना की गहराइयों की खोज करने के साधन के रूप में देखने के लिए हमारा मार्गदर्शन करती हैं। बाहरी दुनिया से अलग होकर और आंतरिक आत्म के दायरे में गोता लगाकर हम ज्ञान व स्पष्टता के स्रोत तक पहुँचते हैं।

भ्रम से परे देखना

शिव की शिक्षाएँ हमें मन द्वारा निर्मित भ्रमों से परे वास्तविकता को समझने के लिए हमारा मार्गदर्शन करती हैं। त्याग का अभ्यास करके हम एक स्पष्ट और समझदार दृष्टि विकसित करते हैं, जो हमें विकृतियों से मुक्त होकर दुनिया को उसके वास्तविक स्वरूप में देखने की अनुमति देती है।

त्याग के सार को अपनाना

त्याग के मार्ग में शिव की अंतर्दृष्टि हमें तप को अपनाने और उद्देश्य तथा सादगी का जीवन जीने के लिए हमारा मार्गदर्शन करती है। त्याग के माध्यम से मिलन, कृपा के माध्यम से सरलता का आशीर्वाद, तपस्या में मन का अनुशासन, भ्रम से परे देखना और अधिक हम सीखते हैं कि तपस्या अभाव के बारे में नहीं है, बल्कि भौतिक संसार की सीमाओं से मुक्ति पाने के बारे में है।

शिव का ज्ञान हमें अपनी प्राथमिकताओं का पुनर्मूल्यांकन करने, अपने जीवन को सरल बनाने और बाहरी विकर्षणों से त्याग पैदा करने के लिए प्रोत्साहित करता है। इन अंतर्दृष्टियों को अपनी दैनिक दिनचर्या में शामिल करके हम आध्यात्मिक विकास और आंतरिक परिवर्तन के लिए एक आधार तैयार करते हैं। त्याग के मार्ग पर शिव की शिक्षाओं के माध्यम से हम आत्म-खोज, मुक्ति और अपने अस्तित्व के सार के साथ गहरे संबंध की गहन यात्रा पर निकलते हैं।

□

39

शास्त्रों के संरक्षक शिव

ज्ञान एक मार्गदर्शक प्रकाश है, जो मानव विकास और समझ के मार्ग को प्रकाशित करता है। भगवान् शिव शास्त्रों के संरक्षक एवं ज्ञान के अवतार, ज्ञान के मूल्य, सत्य की खोज और समझ की परिवर्तनकारी शक्ति में गहन अंतर्दृष्टि प्रदान करते हैं। ज्ञान पर उनकी शिक्षाएँ हमें जीवन-प्रबंधन की हमारी यात्रा में निरंतर सीखने, विवेक और ज्ञान के अनुप्रयोग के महत्त्व को पहचानने की दिशा में हमारा मार्गदर्शन करती हैं।

बुद्धि के शिक्षक

ज्ञान गुरु के रूप में शिव की उपाधि ज्ञान के शिक्षक के रूप में उनकी भूमिका को दरशाती है। शिव की शिक्षाएँ हमें यह समझने के लिए हमारा मार्गदर्शन करती हैं कि ज्ञान केवल संचय के बारे में नहीं है, बल्कि ऐसी अंतर्दृष्टि प्राप्त करने के बारे में है, जो आत्म-प्राप्ति की ओर ले जाती है। ज्ञान की खोज को अपनाकर हम आत्म-खोज और विकास की यात्रा पर निकलते हैं।

शिव की शिक्षाएँ हमें ज्ञान को एक शाश्वत सार के रूप में समझने के लिए मार्गदर्शन करती हैं, जो युगों-युगों से प्रवाहित होता रहा है। ज्ञान की तलाश करके हम ज्ञान के विशाल भंडार का लाभ उठाते हैं, जिसमें हमारे जीवन को मार्गदर्शन और बदलने की शक्ति है।

सच्चा ज्ञान

शिव की शिक्षाएँ हमें यह पहचानने में मार्गदर्शन करती हैं कि सच्चा ज्ञान सहानुभूति से रहित नहीं है। ज्ञान की अपनी खोज को करुणा से जोड़कर हम यह सुनिश्चित करते हैं कि ज्ञान का उपयोग व्यापक भलाई के लिए किया जाए।

सत्य का प्रकाश

शिव की कृपा सत्य के प्रकाश का प्रतिनिधित्व करती है, जो गहरे ज्ञान से उत्पन्न होती है। शिव की शिक्षाएँ हमें यह समझने के लिए मार्गदर्शन करती हैं कि सच्चा ज्ञान अज्ञान व भ्रम को दूर करता है। सत्य और समझ की तलाश करके हम स्वयं को जीवन-प्रबंधन के उच्च उद्देश्य के साथ जोड़ते हैं।

शिव की शिक्षाएँ हमें यह पहचानने के लिए मार्गदर्शन करती हैं कि ज्ञान केवल बाहरी स्रोतों तक ही सीमित नहीं है, बल्कि हमारी अपनी चेतना की गहराई से भी उभरता है। आत्म-जागरूकता और विनम्रता विकसित करके हम खुद को आंतरिक अंतर्दृष्टि के लिए खोलते हैं।

चिंतन और अंतर्दृष्टि

शिव की शिक्षाएँ हमें ध्यान को अपने भीतर ज्ञान के सागर में गोता लगाने के साधन के रूप में देखने के लिए मार्गदर्शन करती हैं। मन को शांत करके और अपने आंतरिक ज्ञान को ध्यान में रखकर हम गहन अंतर्दृष्टि प्राप्त करते हैं, जो हमारे जीवन-प्रबंधन के कौशल को बढ़ाती है।

विवेक और समझ

शिव की शिक्षाएँ हमें ज्ञान की खोज में विवेक विकसित करने के लिए हमारा मार्गदर्शन करती हैं। सतही दिखावे से परे देखने की अपनी क्षमता को निखारकर हम उन अंतर्निहित सत्यों की गहरी समझ विकसित करते हैं, जो हमारे जीवन को आकार देते हैं।

ज्ञान के प्रकाश को अपनाना

शास्त्रों की संरक्षकता में शिव की अंतर्दृष्टि हमें ज्ञान के प्रकाश और उसकी परिवर्तनकारी क्षमता को अपनाने के लिए मार्गदर्शन करती है। ज्ञान और करुणा का संतुलन, अनुग्रह के माध्यम से सत्य का प्रकाश, ध्यान में चिंतन एवं अंतर्दृष्टि, विवेक एवं समझ और इससे भी अधिक, हम सीखते हैं कि ज्ञान केवल एक उपकरण नहीं है, बल्कि आत्म-सशक्तीकरण और विकास का एक मार्ग है।

शिव का ज्ञान हमें सीखने, सत्य की खोज करने और ज्ञान को व्यावहारिक तरीकों से लागू करने के प्रति आजीवन प्रतिबद्धता को बढ़ावा देने के लिए प्रोत्साहित करता है। इन अंतर्दृष्टियों को अपने दैनिक जीवन में शामिल करके हम स्पष्टता, विवेक और अपने उद्‌देश्य की गहरी समझ के साथ जीवन की चुनौतियों का सामना करने के लिए आवश्यक उपकरणों से खुद को लैस करते हैं। ज्ञान पर शिव की शिक्षाओं के माध्यम से हम आत्मज्ञान की यात्रा पर निकलते हैं, जो हमारे जीवन को आकार देती है और हमारी दुनिया की बेहतरी में योगदान देती है।

□

40

कालातीत शाश्वत शिव

जीवन के माध्यम से हमारी यात्रा में समय एक निरंतर साथी है, हमारे अनुभवों को आकार देता है और हमारी धारणाओं को तैयार करता है। फिर भी, समय के प्रवाह के बीच कालातीतता का एक क्षेत्र मौजूद है—एक ऐसा स्थान, जहाँ अतीत, वर्तमान और भविष्य गहन महत्त्व के एक विलक्षण क्षण में विलीन हो जाते हैं। भगवान् शिव कालातीतता के अवतार, समय की प्रकृति, शाश्वत वर्तमान और वर्तमान क्षण में जीने की शक्ति के बारे में गहन अंतर्दृष्टि प्रदान करते हैं। उनकी शिक्षाएँ हमें पूरी तरह से मौजूद रहने समय की सीमाओं को पार करने और अस्तित्व के शाश्वत सार को अपनाने की परिवर्तनकारी क्षमता को समझने की दिशा में हमारा मार्गदर्शन करती हैं।

चेतना का आयाम

शिव की शिक्षाएँ हमें यह पहचानने में मार्गदर्शन करती हैं कि समय एक सापेक्ष अवधारणा है और इसके परे अनंत काल का क्षेत्र निहित है। स्वयं को शाश्वत सार के साथ जोड़कर हम चेतना के एक ऐसे आयाम तक पहुँचते हैं, जो समय की बाधाओं से परे है।

कालातीतता का नृत्य

शिव की शिक्षाएँ हमें ब्रह्मांडीय नृत्य को शाश्वत के प्रतिनिधित्व के रूप

में देखने के लिए हमारा मार्गदर्शन करती हैं—एक ऐसी स्थिति, जहाँ अतीत, वर्तमान और भविष्य आपस में मिलते हैं। वर्तमान क्षण को अपनाकर हम कालातीतता के उस स्थान में प्रवेश करते हैं, जो गहन अंतर्दृष्टि और परिवर्तन प्रदान करता है।

शिव की शिक्षाएँ हमें यह एहसास कराने के लिए हमारा मार्गदर्शन करती हैं कि जब हम वर्तमान क्षण में रहते हैं तो हम जीवन की शाश्वत लय के साथ सामंजस्य बिठाते हैं। अतीत के बारे में पश्चात्ताप और भविष्य के बारे में चिंताओं को छोड़कर हम वर्तमान के साथ प्रामाणिक संबंध के लिए जगह बनाते हैं।

वर्तमान क्षण वह है, जहाँ जीवन प्रकट होता है। सचेतनता और जागरूकता विकसित करके हम उस अनुग्रह तक पहुँचते हैं, जो जीवन की समृद्धि के साथ पूरी तरह से जुड़े रहने से मिलता है।

शिव की शिक्षाएँ हमें यह पहचानने में मार्गदर्शन करती हैं कि ध्यान अब शाश्वतता में प्रवेश करने का अभ्यास हैं। मन को शांत करके और वर्तमान क्षण पर ध्यान केंद्रित करके हम शांति एवं जुड़ाव की गहरी भावना का अनुभव करते हैं।

रैखिक समय से परे देखना

शिव की शिक्षाएँ हमें समय को शाश्वत के चश्मे से देखने के लिए हमारा मार्गदर्शन करती हैं। रैखिक समय से परे देखने की क्षमता विकसित करके हम सभी क्षणों और घटनाओं के अंतर्संबंध की गहरी समझ प्राप्त करते हैं।

शाश्वत को अपनाना

कालातीतता के बारे में शिव की अंतर्दृष्टि हमें एक परिवर्तनकारी अवस्था के रूप में शाश्वत को अपनाने के लिए मार्गदर्शन करती हैं। शाश्वत के साथ सद्भाव, रैखिक समय से परे देखना और बहुत कुछ हम सीखते हैं कि वर्तमान क्षण केवल एक क्षणभंगुर अनुभव नहीं है, बल्कि कालातीत का द्वार है।

शिव की शिक्षा हमें अपना ध्यान अतीत और भविष्य से हटाकर वर्तमान क्षण पर केंद्रित करने के लिए प्रोत्साहित करती है, जहाँ जीवन का सार निहित है। इन अंतर्दृष्टियों को अपने दैनिक जीवन में शामिल करके हम जागरूकता, कृतज्ञता और अस्तित्व के शाश्वत सार के साथ गहरा संबंध विकसित करते हैं। कालातीतता पर शिव की शिक्षाओं के माध्यम से हम अब शाश्वत को अपनाने की यात्रा पर निकलते हैं—एक यात्रा, जो जीवन के हमारे अनुभव को समृद्ध करती हैं और हमें अधिक जागरूक व उद्देश्यपूर्ण अस्तित्व की ओर हमारा मार्गदर्शन करती है।

□

41

'ओउम् नमः शिवाय' मंत्र

आध्यात्मिकता के क्षेत्र में ध्वनि भौतिक संसार की सीमाओं को पार करने और हमें चेतना के उच्च क्षेत्रों से जोड़ने की एक अद्वितीय शक्ति रखती है। भगवान् शिव ब्रह्मांडीय कंपन के अवतार, ध्वनि के महत्त्व, भक्ति जप की परिवर्तनकारी शक्ति और पवित्र मंत्र 'ओउम् नमः शिवाय' के सार में गहन अंतर्दृष्टि प्रदान करते हैं। उनकी शिक्षाएँ हमें ब्रह्मांड की कंपन प्रकृति, ध्वनि की उपचार-क्षमता और भक्ति जप द्वारा हमारे जीवन को आकार देने के तरीके को समझने की दिशा में हमारा मार्गदर्शन करती हैं।

ब्रह्मांड कंपनों की लय

शिव की शिक्षाएँ हमें यह पहचानने के लिए हमारा मार्गदर्शन करती हैं कि ब्रह्मांड कंपनों की एक लय है और इन कंपनों के साथ तालमेल बिठाकर हम चेतना की उच्च अवस्थाओं तक पहुँच सकते हैं। ध्वनि के महत्त्व को समझकर हम एक परिवर्तनकारी उपकरण का प्रयोग करते हैं, जो हमारे जीवन को आकार दे सकता है।

ब्रह्मांड—जहाँ हर कण, हर विचार और हर भावना एक अद्वितीय आवृत्ति उत्सर्जित करती है। कंपन की शक्ति को समझकर हम सीखते हैं कि अस्तित्व की सामंजस्यपूर्ण लय के साथ खुद को कैसे जोड़ा जाए?

ध्वनि के माध्यम से सामंजस्य

शिव की शिक्षाएँ हमें यह एहसास कराने के लिए हमारा मार्गदर्शन करती हैं कि भक्तिपूर्ण जप हमारी आंतरिक और बाहरी दुनिया में सामंजस्य स्थापित करने का एक तरीका है। ध्वनि को एक उपकरण के रूप में प्रयुक्त करके हम अपने व्यक्तिगत 'स्व' और ब्रह्मांडीय वास्तविकता के बीच एक पुल बनाते हैं।

उपचार ध्वनि का आशीर्वाद

शिव की कृपा उन आशीर्वादों का प्रतिनिधित्व करती है, जो उपचार और परिवर्तन के लिए ध्वनि का प्रयोग करने से उत्पन्न होते हैं। शिव की शिक्षाएँ हमें यह समझने में मार्गदर्शन करती हैं कि ध्वनि या मंत्र में हमारे शारीरिक, भावनात्मक और मानसिक कल्याण को प्रभावित करने की शक्ति हैं। जान-बूझकर ध्वनि के कंपन को प्रसारित करके हम ध्वनि द्वारा प्रदान की जाने वाली उपचार-क्षमता तक पहुँचते हैं।

जप का ध्यान रूप

शिव की शिक्षाएँ हमें यह पहचानने के लिए मार्गदर्शन करती हैं कि जप का कार्य ध्यान का एक रूप है, जो मन को शांत करता है और हमें परमात्मा से जोड़ता है। जप को अपने दैनिक अभ्यास का हिस्सा बनाकर हम आंतरिक स्थिरता और संरेखण विकसित करते हैं।

शिव की शिक्षाएँ हमें जप को चेतना की उच्च अवस्थाओं के प्रवेश द्वार के रूप में देखने के लिए हमारा मार्गदर्शन करती हैं। ध्वनि के कंपन पर ध्यान केंद्रित करके हम अहंकार की सीमाओं से परे एक क्षेत्र में प्रवेश करते हैं और ब्रह्मांड के साथ एक गहरे संबंध का अनुभव करते हैं।

कंपन के माध्यम से देखना

शिव की शिक्षाएँ हमें कंपन के लेंस के माध्यम से वास्तविकता को देखने के लिए हमारा मार्गदर्शन करती हैं। अस्तित्व की कंपनात्मक प्रकृति के

बारे में जागरूकता पैदा करके हम सभी चीजों के अंतर्संबंध की गहरी समझ प्राप्त करते हैं।

भक्ति से गूँजना

भक्तिपूर्ण जप में शिव की अंतर्दृष्टि हमें ध्वनि की परिवर्तनकारी शक्ति और पवित्र मंत्र 'ओउम् नमः शिवाय' के साथ गूँजने के लिए मार्गदर्शन करती है। अनुग्रह के माध्यम से उपचार ध्वनि का आशीर्वाद, तपस्या में आध्यात्मिक अनुशासन के रूप में जप, ध्यान में पारगमन के रूप में जप, कंपन के माध्यम से देखना और इससे भी अधिक हम सीखते हैं कि जप केवल एक अनुष्ठान नहीं है, बल्कि खुद को सार्वभौमिक लय में समायोजित करने का एक तरीका है।

शिव का ज्ञान हमें अपनी चेतना को ऊपर उठाने, अपनी ऊर्जा को बदलने और परमात्मा के साथ अपने संबंध को गहरा करने के लिए एक उपकरण के रूप में ध्वनि का प्रयोग करके भक्तिपूर्ण जप के अभ्यास को अपने जीवन में शामिल करने के लिए प्रोत्साहित करता है। ध्वनि की शक्ति को अपनाकर हम प्रतिध्वनि की यात्रा पर निकलते हैं—एक ऐसी यात्रा, जो जीवन के हमारे अनुभव को समृद्ध करती है, हमारे आध्यात्मिक विकास को बढ़ाती है और हमें अस्तित्व के सार के निकट लाती है।

□

42

चेतना का रहस्योद्घाटन

चेतना मानव अनुभव की नींव, गहन परिवर्तन और आत्म-प्राप्ति की क्षमता रखती है। सर्वोच्च चेतना के अवतार भगवान् शिव जागरूकता की प्रकृति आत्म-खोज की यात्रा और प्रकाश की परिवर्तनकारी शक्ति में गहन अंतर्दृष्टि प्रदान करते हैं। उनकी शिक्षाएँ हमें चेतना की असीमित प्रकृति, आंतरिक जागृति का मार्ग और प्रकाश हमारे जीवन को किस प्रकार आकार दे सकता है, समझने की दिशा में हमारा मार्गदर्शन करती हैं।

परब्रह्म के रूप में शिव : चेतना की धारा

परब्रह्म के रूप में शिव की उपाधि चेतना की उस धारा का प्रतीक है, जो संपूर्ण सृष्टि में बहती है। शिव की शिक्षाएँ हमें यह पहचानने के लिए मार्गदर्शन करती हैं कि चेतना व्यक्तिगत दिमाग तक ही सीमित नहीं है, बल्कि एक परस्पर जुड़ी हुई शक्ति है, जो पूरे अस्तित्व को जीवंत बनाती है। चेतना की व्यापकता को समझकर हम ज्ञान और अंतर्दृष्टि के उस स्रोत का पता लगाते हैं, जो सीमाओं से परे है।

शिव की शिक्षाएँ हमें ब्रह्मांड को चेतना की अभिव्यक्ति के रूप में देखने के लिए हमारा मार्गदर्शन करती हैं। सभी चीजों के अंतर्संबंध को समझकर हम ब्रह्मांडीय प्रवाह के साथ अपनी जागरूकता और संरेखण को गहरा करते हैं।

चेतना : एक पुल

शिव की शिक्षाएँ हमें यह एहसास कराने के लिए हमारा मार्गदर्शन करती हैं कि चेतना वह पुल है, जो हमें दूसरों से और परमात्मा से जोड़ती है। सचेत उपस्थिति विकसित करके हम गहरे संबंधों का पोषण करते हैं और प्रामाणिक संबंधों का अनुभव करते हैं।

अनंत ज्ञान और मार्गदर्शन

शिव की शिक्षाएँ हमें यह समझने में हमारा मार्गदर्शन करती हैं कि हमारे भीतर अनंत ज्ञान और मार्गदर्शन का स्रोत निहित है। अंदर की ओर मुड़कर और चेतना के प्रकाश तक पहुँचकर हम अपना मार्ग प्रकाशित करते हैं तथा सशक्त जीवन विकल्प चुनते हैं।

जाग्रत् मन

शिव की शिक्षाएँ हमें यह पहचानने में हमारा मार्गदर्शन करती हैं कि आत्म-खोज की यात्रा चेतना की परतों को उजागर करने की एक प्रक्रिया है। आत्म-निरीक्षण और आत्म-जाँच को अपनाकर हम अपने अस्तित्व की गहराई के प्रति जाग्रत् होते हैं।

आंतरिक लोकों का भ्रमण

शिव की शिक्षाएँ हमें ध्यान को अपने भीतर जागरूकता के विशाल परिदृश्य की खोज के साधन के रूप में देखने के लिए हमारा मार्गदर्शन करती हैं। चेतना के आंतरिक आयामों में गहराई से जाकर हम अंतर्दृष्टि और रहस्योद्घाटन प्राप्त करते हैं, जो हमारे जीवन की यात्रा का मार्गदर्शन करते हैं।

विस्तारित धारणा

शिव की तीसरी आँख उन्नत धारणा और आंतरिक अंतर्दृष्टि का प्रतिनिधित्व करती है। शिव की शिक्षाएँ हमें चेतना की विस्तारित अवस्था के माध्यम से वास्तविकता को समझने के लिए हमारा मार्गदर्शन करती हैं।

सीमित दृष्टिकोणों को पार करके हम समझ के उच्च स्तर तक पहुँचते हैं, जो जीवन के सभी पहलुओं के अंतर्संबंध को उजागर करता है।

प्रकाश की यात्रा

चेतना में शिव की अंतर्दृष्टि हमें आत्म-प्रकाश, समझ और परिवर्तन की यात्रा शुरू करने के लिए हमारा मार्गदर्शन करती है। परब्रह्म शिव के माध्यम से जागरूकता, कृपा के माध्यम से आंतरिक प्रकाश का आशीर्वाद और इससे भी अधिक, हम सीखते हैं कि चेतना हमारे मन तक ही सीमित नहीं है, बल्कि एक सर्वदा विद्यमान शक्ति है, जिसे हम प्राप्त कर सकते हैं और विकसित कर सकते हैं।

शिव का ज्ञान हमें आत्म-खोज की यात्रा को अपनाने के लिए प्रोत्साहित करता है, एक जागरूकता का पोषण करता है, जो सामान्य धारणा की सीमाओं से परे है। इन अंतर्दृष्टियों को अपने दैनिक जीवन में शामिल करके हम अपने भीतर ज्ञान के स्रोत का उपयोग करते हैं, अपनी पसंद का मार्गदर्शन करते हैं, अपने संबंधों को गहरा करते हैं और उद्देश्य एवं स्पष्टता की एक उच्च भावना के साथ जीते हैं। शिक्षाओं के माध्यम से हम चेतना के असीमित विस्तार के प्रति जागरूकता की यात्रा पर निकलते हैं—एक आंतरिक यात्रा, जो हमारे जीवन को आकार देती है और हमें अस्तित्व के सार के करीब लाती हैं।

□

उपसंहार

जैसे ही हम भगवान् शिव के कालातीत ज्ञान द्वारा निर्देशित जीवन-प्रबंधन के सिद्धांतों के माध्यम से अपनी यात्रा की परिणति पर पहुँचते हैं, हम स्वयं को एक ऐसे मोड़ पर पाते हैं, जहाँ दर्शन और व्यावहारिकता के सूत्र मिलते हैं। इस पुस्तक में हमने जो यात्रा शुरू की है, वह समझ, अंतर्दृष्टि और परिवर्तन की खोज रही है—एक यात्रा, जो जीवन की तरह ही अनुभवों, चुनौतियों और विकास की एक गतिशील परस्पर क्रिया है।

इस उपसंहार से पहले के पन्नों में हमने शिव की शिक्षाओं की गहराई का पता लगाया है तथा अस्तित्व के उन पहलुओं की खोज की है, जो मानव अनुभव के मूल को छूते हैं। आंतरिक शक्ति के जागरण और परिवर्तन को अपनाने से लेकर करुणा की पैदावार और उद्देश्य की खोज तक प्रत्येक अध्याय शिव के कालातीत ज्ञान के सुनहरे धागों से बुना गया एक चित्रपट है।

हमने जिन सिद्धांतों को जाना, उनमें से प्रत्येक शिव के दर्शन का एक अनूठा पहलू है—जीवन-प्रबंधन के लिए एक बहुमुखी दृष्टिकोण प्रदान करता है। इन सिद्धांतों का तात्पर्य अलग-अलग अवधारणाएँ नहीं हैं, बल्कि एक सामंजस्यपूर्ण समूह है, जिसे हमारे जीवन के ताने-बाने में बुना जा सकता है। शिव की शिक्षाएँ अस्तित्व की जटिलताओं से निपटने के लिए एक मार्गदर्शक के रूप में काम करती हैं और ऐसी अंतर्दृष्टि प्रदान करती हैं, जो हमारे विचारों, कार्यों और इंटरैक्शन को आकार देने की शक्ति रखती हैं।

इस पूरी यात्रा में हमने देखा है कि कैसे शिव की शिक्षाएँ आध्यात्मिक और व्यावहारिक, रहस्यमय और सांसारिक के बीच की खाई को पाटती हैं! शिव, जिन्हें प्राय: शांति और अतिक्रमण के अवतार के रूप में चित्रित किया जाता है, हमें याद दिलाते हैं कि आत्मज्ञान का मार्ग दुनिया से अलग नहीं है, बल्कि उसके साथ गहराई से जुड़ा हुआ है। उनके द्वारा प्रदान की गई गहन अंतर्दृष्टि हमें अपने जीवन के हर पहलू को अपनाने के लिए प्रोत्साहित करती है, उनके ज्ञान के धागों को हमारी दैनिक दिनचर्या, संबंधों और आकांक्षाओं में बुनती है।

जब हम इन सिद्धांतों पर विचार करते हैं तो हमें एहसास होता है कि उनका अनुप्रयोग दार्शनिक चिंतन से परे तक फैला हुआ है। शिव की शिक्षाएँ जीने, अनुभव करने और मूर्त रूप देने के लिए हैं। चेतना के दायरे से लेकर करुणा की गहराई तक, ब्रह्मांडीय ज्ञान की समझ से लेकर लचीलेपन के पोषण तक प्रत्येक सिद्धांत हमें अपने सार का पता लगाने और उसे अपने अस्तित्व में एकीकृत करने के लिए आमंत्रित करता है।

जीवन अपनी सभी जटिलताओं और चुनौतियों के साथ हमें एक कैनवास प्रदान करता है, जिस पर हम शिव की शिक्षाओं को ज्ञान के ब्रश के रूप में लागू कर सकते हैं। इन सिद्धांतों को अपनाकर हम अनुग्रह, लचीलेपन और उद्देश्य की गहरी भावना के साथ अस्तित्व के लगातार बदलते ज्वार को नियंत्रित करने के लिए स्वयं को सशक्त बनाते हैं।

जिस प्रकार शिव की तीसरी आँख विस्तारित धारणा का प्रतीक है, उसी प्रकार इस पुस्तक ने हमारी आँखों को नए दृष्टिकोणों के लिए खोल दिया है, हमें जीवन की चुनौतियों को बाधाओं के रूप में नहीं, बल्कि विकास के अवसरों के रूप में देखने के लिए आमंत्रित किया है। शिव की शिक्षाएँ हमें द्वैत की सीमाओं को पार करने, नश्वरता को अपनाने और अराजकता के बीच शांति खोजने के लिए हमारा मार्गदर्शन करती हैं।

जीवन-प्रबंधन की यात्रा एक सतत प्रक्रिया है—एक ऐसा विकास, जिसके लिए हमें शिव के ज्ञान से प्राप्त अंतर्दृष्टि को लगातार लागू करने की

आवश्यकता होती है। विविध परिदृश्यों के बीच बहने वाली एक नदी की तरह हम अपने अनुभवों के विभिन्न क्षेत्रों से गुजरते हैं और हर मोड़ को पार करने के लिए भगवान् शिव की शिक्षाओं से प्रेरणा लेते हैं।

तो आइए, हम अपने दिल और दिमाग में शिव के सिद्धांतों के प्रकाश को आगे बढ़ाएँ। आइए, याद रखें कि जीवन-प्रबंधन का सार नियमों का कठोरता से पालन करने में नहीं है, बल्कि हमारे जीवन में ज्ञान के सामंजस्यपूर्ण एकीकरण में निहित है। प्रत्येक क्षण हमारे द्वारा खोजे गए सिद्धांतों को अपनाने का अवसर बन जाता है, जब हम सचेत विकल्प चुनते हैं, जो हमारे उच्च 'स्व' के साथ संरेखित होते हैं।

शिव के ब्रह्मांडीय नृत्य की भावना में जो सृजन, संरक्षण और विघटन की लय का प्रतीक है, हम भी खुद को जीवन के नृत्य में भाग लेते हुए पाते हैं। हमारे मार्गदर्शक सितारे के रूप में भगवान् शिव की शिक्षाओं के साथ हम नई स्पष्टता, उद्‌देश्य और जागरूकता के साथ अस्तित्व के मंच पर कदम रखते हैं।

शिव की शिक्षाओं का ज्ञान आपके भीतर गूँजता रहे, जीवन की जटिलताओं के माध्यम से आपका मार्गदर्शन करता रहे, आपके विकास को प्रेरित करता रहे और अस्तित्व के गहन रहस्यों के साथ आपके संबंध को गहरा करता रहे। जैसे ही हम इस पुस्तक को अलविदा कह रहे हैं, आइए, हम शिव के सिद्धांतों को एक मशाल के रूप में लेकर चलें, जो हमारे मार्ग को प्रकाशित करती है—जो सचेत इरादे, उद्‌देश्य और कालातीत ज्ञान की परिवर्तनकारी शक्ति के साथ प्रबंधित जीवन की ओर ले जाती है।

हमारे द्वारा साझा की गई यात्रा के लिए आभार व्यक्त करते हुए।

□□□